Matthias Morgenroth

Z

wie Zorro

Für L
wie Lisa

Weitere Titel des Autors bei Coppenrath:
Kidnapping Oma
I can see U

MIX
Papier aus verantwortungsvollen Quellen
FSC® C083411

5 4 3 2 1

ISBN 978-3-649-62880-4

Text: Matthias Morgenroth
Illustrationen: Astrid Henn
Lektorat: Frauke Reitze
Satz: Helene Hillebrand
Printed in Germany

www.coppenrath.de

Das @book erscheint unter der ISBN 978-3-649-63369-3.

Matthias Morgenroth

Z wie Zorro

Mit Illustrationen von Astrid Henn

COPPENRATH

Blau

Blau.

Tiefseeblau.

Elias holte tief Luft. Er kniff die Augen zusammen und sah genau hin.

Blau blieb blau.

Er hörte Luna neben sich kichern. Was bedeutete, dass sie es auch sah: Die Schöller vorne an der Tafel hatte blaue Lippen! Und alle Dreier und die Nullen und Quadrate, von denen sie erzählte, wurden plötzlich auch blau, lächerlich blau – denn wer kann schon eine Lehrerin ernst nehmen, die tiefseeblaue Lippen hat!

„Blau“, flüsterte Luna und stieß ihm mit dem Ellbogen in die Seite.

„Blau“, flüsterte Ella hinter ihnen und stupste Greg an und Greg pikste Sven mit dem Bleistift und eine blaue Welle der Begeisterung rollte durch die Klasse, von Sven zu Murat, von Murat zu Kata, Lili und Aylin, von vorne nach hinten und zurück.

Blau!

Die Schöller schaute irritiert auf, nahm noch einen

tiefen Schluck aus ihrer Kaffeetasse und verzog kurz das Gesicht, bevor sie mit der Verbesserung der Mathearbeit fortfuhr. Dieser verflixten Mathearbeit, in die sie nichts als fiese, hinterhältige Aufgaben gemischt hatte! Auf jeden Fall aber nicht das, was sie seit Wochen geübt hatten.

„Das hätte Grundwissen sein müssen", sagte sie jetzt und grinste und dabei wurde das Blau in ihrem Gesicht noch viel blauer. Denn nicht nur ihre Lippen, auch ihre Zähne strahlten blau. Tiefblau.

Tiefseeblau.

Tintenblau.

Und endlich konnte Elias eins und eins zusammenzählen: Kaffeetasse plus Kaffee plus Tinte plus zwei tiefe Schlucke – das ergab …

„Blau!", platzte es aus Basti heraus, und Esther, die sonst immer besonders still saß, fiel vor Lachen vom Stuhl und rollte direkt vor Elias' Füße.

Jemand musste der Schöller Tinte in ihre Kaffeetasse getan haben!

Jetzt konnten sie nicht mehr. Jetzt prusteten sie los. Alle in der Klasse gleichzeitig. Und endlich einmal, Elias sah es genau, verstand die fieseste Mathelehrerin der Schule ihre sonst so berechenbare Welt nicht mehr. Denn das war ihr noch nie passiert, dass die ganze 5c über sie lachte, als seien alle … nun ja, blau.

„Seid ihr – besoffen?", kullerten blaue Worte aus ihrem Mund, und als sie merkte, dass die Kinder ihr auf die Lippen starrten, versuchte sie, nach unten zu schielen. Dann schnitt sie eine schiefe Grimasse und zog sogar kurz an ihrer Zunge, die ebenfalls tiefblau war, bevor ihr einfiel, dass Mathelehrerinnen nicht an ihren Zungen ziehen. Weswegen sie stattdessen zum Spiegel hastete, der über dem Waschbecken neben der Tür hing. Und endlich die ganze Bescherung mit eigenen Augen sehen konnte.

Es war die beste Mathestunde seines Lebens, fand Elias – diese blaue Stunde, mit der alles begann.

Nichts hatte er gewusst in dieser verflixten Mathearbeit, da war er sich sicher, und bei dem Nichts hatte er sich mit tausendprozentiger Sicherheit auch noch hundertmal verrechnet. Er hatte sich heute überhaupt nur in die Schule getraut, weil es den anderen in seiner Klasse nicht besser gegangen war und die meisten genau wie er tränenverschmierte, halb leere Blätter abgegeben hatten.

„Blau!", rief jetzt auch die Schöller, als sie sich im Spiegel anschaute.

Elias sah ihre Gedanken rattern, sah ihren Blick über die Klasse zum Pult wandern und bis hinüber zur Kaffeetasse, an der außen verräterische blaubraune Tropfen herunterrannen. Dabei versuchte sie, nicht selbst loszulachen, über sich und ihre blaue Zunge und

die ganze Schweinerei. Und dann tat die Schöller etwas, von dem keiner und erst recht Elias nicht geahnt hätte, dass sie überhaupt wusste, wie das geht: Sie streckte die Zunge raus!

Sie streckte der ganzen Klasse ihre tintenblaue Zunge raus.

Lange.

Der Effekt verblüffte sie wohl selbst, denn nun schrien die Kinder fast vor Begeisterung.

„Jetzt ist's aber mal gut", versuchte die Schöller sie zu beruhigen. „So witzig ist eine blaue Zunge auch wieder nicht."

Aber alle lachten und lachten und konnten nicht aufhören.

„Eure Schule ist doch nicht so schlecht", flüsterte Luna Elias zu.

Sie war vor einem Monat neu zu ihnen in die Klasse gekommen und bisher sehr, sehr unzufrieden gewesen, wie Elias bemerkt hatte. Nicht nur mit Mathe. Auch mehr so im Allgemeinen. Und sie sagte es sogar lautstark! Sie war einfach anders als alle Mädchen, die Elias kannte. Er grinste ihr zu.

„Ihr kommt trotzdem nicht um die Mathearbeit herum", sagte die Schöller schließlich, als sie immer weiter kicherten. „Und da sind leider viele schlechte Noten zu erwarten."

Mit einem Schlag wurde es still. Die Schöller klappte ihre schwere Tasche auf, die schon die ganze Stunde wie eine stumme Drohung auf dem Pult gestanden hatte. Die Klasse hielt den Atem an.

Als die Schöller jedoch die dicke Mappe mit ihren Heften herausnahm, konnte jeder sehen, dass nicht nur mit ihrer Zunge, sondern auch mit dieser Mappe etwas nicht stimmte.

„Eure Schule ist geradezu genial", murmelte Luna.

Elias holte zum zweiten Mal in dieser Stunde tief Luft. Denn die Mathearbeiten waren keine Mathearbeiten mehr. Die Mathearbeiten waren ein klebriger Klumpen, der aussah wie die Pappmaschee-Masse, mit der sie in Kunst freies Modellieren geübt hatten. Das konnte doch gar nicht sein! So etwas passierte doch normalerweise nicht, dass aus Mathearbeiten klebrige Pappmaschee-Klumpen wurden! War der Schöller Tapetenkleister ausgelaufen? Aber welche Mathelehrerin war denn so blöd, flüssigen Tapetenkleister in ihrer Tasche zu transportieren?

Der Schöller fielen fast die Augen raus.

„Jetzt hört der Spaß aber auf", japste sie und schien ernsthaft erschüttert, sodass Elias wegschauen musste, damit er nicht aus Versehen Mitleid mit ihr bekam.

„Jetzt fängt der Spaß erst an", murmelte Luna neben ihm, und wieder einmal staunte er darüber, dass sie so anders war.

„Eine Mathearbeit ist eine amtliche Angelegenheit", hörte er die Schöller. Und dann hörte er sie laut darüber nachdenken, was denn mit dieser amtlichen

Matsch-Angelegenheit jetzt anzufangen sei. „Vielleicht muss ich einfach allen eine Sechs geben! Das wäre ja nur gerecht!“

Die Schöller klappte mit Schwung die Tafel auf – und erstarrte. Und an dieser Stelle fängt die Geschichte überhaupt erst so richtig an.

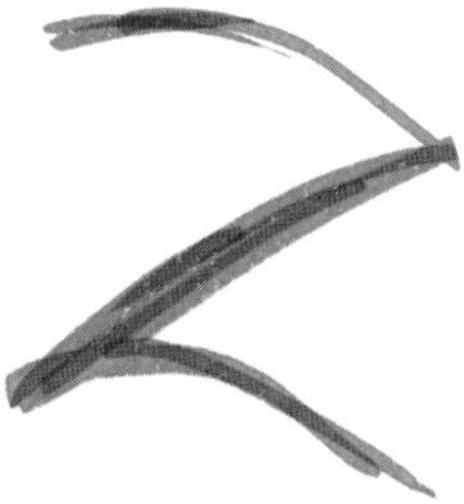

Zunächst hatte Elias den Riesenbuchstaben auf der Tafel gar nicht erkannt, sondern gedacht, irgendjemand habe die Innenseite einfach wild bekritzelt.

Aber hinter ihnen flüsterte Ella: „Z?“

Und da konnte er es auch erkennen: Auf der Tafel war ein großes Z. Er hörte Luna neben sich kichern. Was bedeutete, dass sie es ebenfalls sah.

Auch die Schöller starrte das riesige Z aus Kreidestrichen an.

„Zorro!“, rief Murat fassungslos. „Z – wie Zorro! Zorro war hier!“

„Zorro? Um uns zu rächen, oder was?“, erwiderte Basti ungläubig.

Einige lachten, aber nur wenige.

Elias war zu Fasching mal als Zorro gegangen, doch

das war schon ein paar Jahre her. Er stellte sich vor, wie Zorro, der Rächer der Armen und Enterbten, mit Umhang, Degen und schwarzer Maske durchs Schulhaus zog, um all die ungerechten Noten und Beurteilungen zu zerstechen und der Schöller und dem Direktor einen gerechten Schrecken einzujagen. Um all das zu tun, was die Kinder sich selbst nicht trauten.

Die Schöller, die Zorro anscheinend ebenfalls kannte, fuhr sich unsicher über das Gesicht. Sie hatte mittlerweile auch ein blaues Kinn.

„Was soll denn das nun wieder?", fragte sie, aber sie schien keine Antwort zu erwarten.

„Ein Z auf der Tafel heißt *Zorro – war – hier!*", wiederholte Murat eindringlich und langsam breitete sich ein Flüstern aus, beinahe ehrfurchtsvoll. Denn auch das hatte es noch nie gegeben, dass jemand in der Mathestunde ein Zorro-Zeichen auf die Tafel schrieb.

Bevor sie jedoch weiter spekulieren konnten, ob Zorro, der gute Rächer mit der schwarzen Maske, tatsächlich in einer ganz normalen Schule auftauchen würde, ertönte der Gong. Jetzt gab es kein Halten mehr. Alle sprangen auf, liefen zur Tafel und wischten vorsichtig mit den Fingern über den geheimnisvollen Kreidestrich. Die Schöller stand daneben und sah auf einmal nicht nur blau, sondern auch sehr, sehr müde aus.

„Ich werde darüber nachdenken müssen", hörte Elias sie sagen.

Aber dann hatten sie Sport und trieben wie eine Herde Schafe aus dem Klassenzimmer hinaus, durch die Gänge und bis hinüber in die Turnhalle.

Kaninchen

„… mit mir zusammen sein?“, hörte Elias Luna nach der Schule fragen und verschluckte vor Schreck seinen Kaugummi.

Hatte er sie richtig verstanden? Hatte sie gerade gefragt, ob er mit ihr … *zusammen sein wollte?* Äh – das hatte noch kein Mädchen zu ihm gesagt! Er fühlte, wie er rot wurde. Rot von den Haarwurzeln über die Nasenspitze bis zum Hals und wahrscheinlich auch noch bis zum kleinen Zeh. Tomatenrot.

„Was … hast du gesagt?“, hörte er sich stottern und hustete an seinem verschluckten Kaugummi herum.

„Gehst du mit mir zusammen heim?“, wiederholte Luna ungeduldig.

„Ach so, *heim*“, krächzte Elias mit glühenden Wangen. Wahrscheinlich hatte er sich beim ersten Mal verhört.

„Ich bräuchte nämlich ein wenig Hilfe“, sagte Luna, während sie ihm auf den Rücken klopfte. „Und du bist so wunderbar unverdächtig.“

Elias wusste nicht, ob das ein Kompliment oder eine

Beleidigung war. Unverdächtig konnte langweilig, dröge, blass und blöde bedeuten. Aber natürlich auch ehrlich, freundlich und nett. Er wollte lieber nicht nachfragen. Stattdessen nickte er.

„Ich hab Zeit. Mama ist eh noch im Krankenhaus."

Luna sah ihn erschrocken an. „Was hat sie denn?"

„Spätschicht", murmelte Elias. „Sie ist Ärztin, da hat man so was."

„Ach so", erwiderte Luna. „Das ist ja praktisch. Wenn du mal krank bist, weiß sie immer Bescheid."

Elias nickte. „Zumindest, wenn sie zu Hause ist. Meistens hat sie entweder Spätschicht oder Frühschicht oder sie macht Überstunden." Er betastete seine Wangen. Sie schienen wieder einigermaßen normal zu sein.

„Meine Mama ist immer zu Hause", sagte Luna. „Aber Enrico geht ja auch noch nicht mal in den Kindergarten."

„Dein Bruder?", vermutete Elias.

Sie nickte. „Mein kleinster. Dann kommt Carlo, dann Chiara – und dann komm ich. Ich bin die Älteste."

„Vier Kinder, wow", staunte Elias.

Er war fast jeden Nachmittag allein zu Hause, denn Mama hatte im Krankenhaus tatsächlich immer viel zu tun. Und Papa arbeitete bei der Zeitung und kam meistens auch erst nach dem Abendessen heim.

„Vier Kinder *und* ein Kaninchen sind wir", korrigierte Luna. „Deshalb brauch ich auch deine Hilfe."

Sie gingen an der Bushaltestelle vorbei, und Elias meinte, das Wörtchen *blau* zu verstehen. Blau und wieder blau. Und ein Junge in der Nähe sagte, er habe gehört, dass die Mathelehrerin der 5c von oben bis unten blau angelaufen sei und dass Zorro quer durchs Klassenzimmer gehechtet sei, mit Degen und Maske, wie in einem Kinofilm, das sei der Wahnsinn gewesen! Und dass Zorro auch mal bei der 6b vorbeikommen solle, unbedingt, da sei er noch viel nötiger!

Luna und Elias wechselten einen Blick, aber bevor sie loslachen konnten, weil das doch sehr übertrieben war, wurden sie von hinten angerempelt, und Esther aus ihrer Klasse torkelte an ihnen vorbei. Sie versuchte, ihr Baguette zu retten, das ihr gerade aus der Hand geschlagen worden war. Doch es war zu spät. Schon lag das Brot in einer Pfütze. Die Tomaten und der Mozzarella schwammen daneben wie kleine traurige Schiffchen.

„Mann", schimpfte Esther leise vor sich hin, „das war mein Mittagessen."

Luna drehte sich mit einem Ruck um. „Welcher Depp war denn das?"

An einer Ecke des Haltestellenhäuschens lehnte Tom aus der Siebten und schaute herausfordernd in die Runde. Und knackte mit seinen Fingern.

„Lass doch", murmelte Elias. „Der rempelt immer rum."

„Und Esthers Brot?"

Elias deutete auf Esther, die sich schon durch die Reihen der Busschüler geschlängelt hatte. „Die will auch keinen Streit."

„Pah!" Luna warf Tom einen wütenden Blick zu, aber der beachtete sie gar nicht. „Na gut. Diesmal lassen wir ihn davonkommen."

Elias starrte sie an. Sie war wirklich anders.

Mit einem Satz sprang Luna in die Pfütze, dass es nur so spritzte und alle Kinder an der Bushaltestelle in Deckung gehen mussten. Sogar Tom. Aber bevor sich jemand beschweren konnte, war sie schon losgerannt. Elias zögerte kurz, dann sauste er hinterher. Ohne in die Pfütze zu springen. Seine Schuhe waren nämlich nicht wasserdicht.

An der Ecke hatte er sie eingeholt.

„Also", begann sie das Gespräch wieder, als sei nichts geschehen. „Ich brauche deine Hilfe. Du musst mir heute das Heu reinschmuggeln. Der Hausmeister hat schon Verdacht geschöpft."

„Hausmeister?" Elias verstand kein Wort. „Heu?"

„Wir dürfen eigentlich keine Tiere halten, aber was sollten wir denn mit Butzi machen? Da hat Papa gesagt, dann ist Butzi eben illegal und erst mal verstecken wir ihn vor dem Hausmeister, dann wird sich schon alles regeln."

„Wer ist denn Butzi?"

„Na, mein Kaninchen."

„Dein Kaninchen ist illegal?“

„Unser Hausmeister ist eigentlich illegal“, meinte Luna und kickte einen Stein weg. „Der Idiot hat an allem was auszusetzen. Und was das Schlimmste ist, er beobachtet alles. Ich glaube, er durchsucht sogar die Bio-Mülltonne nach Hasenkötteln, um Beweise zu haben und uns wieder aus der Wohnung schmeißen zu können.“

„Ich glaub, den kenn ich“, überlegte Elias. Der Wohnblock, in den Luna mit ihrer Familie gezogen war, lag schräg gegenüber von dem Reihenhaus, in dem Elias wohnte. „Das ist der, der immer schimpft, wenn im Garagenhof Fußball gespielt wird.“

„Klingt nach ihm“, meinte Luna. „Er heißt Kinski.“

Sie blieb vor dem *Futtertrog* stehen. Der *Futtertrog* war die Zoohandlung, in der Elias alle zwei Wochen Hühnerfutter für Kurt kaufte. Mama sagte immer, er sei Elias’ Leih-Opa. Er wohnte ein paar Häuser weiter die Straße hinunter, nicht weit von Elias entfernt. Kurt war schon sehr alt. Und er hatte zwei Hühner in seinem Garten.

„Los, gehen wir rein!“, sagte Luna und öffnete die Ladentür zum *Futtertrog*.

Elias folgte ihr verwirrt.

Der Geruch nach Heu empfing sie. Frisches, duftendes Heu. Wie in einer Scheune. Nur ohne Kühe. Stattdessen flitzten weiße Mäuse in ihren Käfigen hin und her und in einem großen Gehege lagen einige Meerschweinchen faul im Stroh und mümmelten an Salatblättern herum.

„Die größte Packung Bio-Kleintierheu", bestellte Luna.

„Heute kein Kraftfutter?", fragte die *Futtertrog*-Frau Elias. Sie hatte ihn also erkannt.

Elias schüttelte den Kopf. „Wir haben noch."

„Wofür brauchst du Kraftfutter?", fragte Luna. „Für dich?"

Sie lachte.

„Nein", protestierte Elias, „für einen Freund. Und Nachbarn. Oder besser gesagt, für seine Hühner."

„Wirklich die ganz große Packung Heu?", fragte die *Futtertrog*-Frau jetzt und sah Luna zweifelnd an.

„Logisch. Wenn schon, denn schon", erwiderte Luna. „Ich muss doch ausnutzen, dass ich heute Hilfe habe."

„Wenn du meinst." Die Verkäuferin hievte ihnen einen Plastiksack über die Theke, der fast fünfmal so groß wie ihre Schulranzen war.

„Was schaust du so? Gemeinsam geht es schon", sagte Luna und schubste Elias rückwärts aus dem Laden heraus, nachdem sie gezahlt hatte.

Der Riesenplastiksack war glatt und rutschig und unhandlich und flutschte ihnen immer wieder aus den Fingern. Hühnerkraftfutter trug sich leichter.

„Du wartest hier", sagte Luna, bevor sie um die nächste Straßenecke bogen. „Ich geh vor. Sollte der

Kinski da sein und rumspionieren, lenke ich ihn ab. Wenn ich pfeife, schmuggelst du das Heu hoch."

„Äh – hoch? Schmuggeln? Allein? Wie soll das gehen?" Elias sah sie ratlos an, dann betrachtete er den Riesensack mit Hasenheu. Er war wirklich nicht zu übersehen.

Eben noch hatte er sich vorgestellt, wie er geschickt etwas Heu unter seinen Pulli schob und damit lässig an allen grimmigen Hausmeistern dieser Welt vorbeischlenderte, ohne dass irgendjemand irgendetwas bemerken konnte. Und wie Luna ihn dafür bewunderte. Aber daraus würde nichts werden. Er konnte schon froh sein, wenn er den unhandlichen Sack allein bis in Lunas Haus geschleppt bekam.

Luna zwinkerte ihm aufmunternd zu. „Das klappt schon. Hauptsache, wir sind schnell!"

Sie spähte um die Ecke.

„Aber – welcher Eingang ist es denn überhaupt?"

„Der linke. Leise jetzt!" Sie steckte die Hände in die Hosentaschen und spazierte los, als würde sie nur mal eben frische Luft schnappen wollen.

Elias starrte ihr nach. „Und – in welchem Stock wohnst du?"

„Im vierten."

Schon bog sie in ihren Hof ein.

„Aber – wo muss ich klingeln … wie heißt du denn noch mal mit Nachnamen?"

Sie hörte ihn nicht mehr.

Elias schluckte.

Probehalber hob er den Sack auf seine Schultern. Er kam sich vor wie ein großer, dicker Käfer, so wie er da stand, seinen Schulranzen auf dem Rücken und den Sack Bio-Kleintierheu auf den Schultern. Da hörte er den Pfiff.

Luna.

Anscheinend war die Luft rein.

Elias rannte los, gebückt unter seinem Schulranzen und dem Riesensack, bog hastig in den Hof ein und steuerte schwankend auf den linken Eingang zu. Die Haustür stand offen, so ein Glück! Schwer atmend hielt er inne und schaute sich um. Links saßen zwei Mädchen auf dem Gehweg und zeichneten mit Malkreide. Rechts lehnte ein schlaksiger Jugendlicher in schwarzem Kapuzenpulli an der Wand und schrieb etwas in sein Handy.

Elias lauschte. Irgendwo von unten erklang eine keifende Männerstimme, dann hörte er Luna zurückschimpfen. Sie schien im Keller zu sein. Was bedeutete, dass der Weg nach oben frei war.

Also schnell weiter!

Vierter Stock, hatte Luna gesagt. Ungeduldig drückte Elias den Aufzugknopf, spähte ängstlich Richtung Kellertreppe, drückte wieder und noch ein drittes Mal, hörte den Aufzug endlich mit einem Rattern ankommen, zog die Tür auf und schob sich und den Plastiksack mit dem Heu hinein.

Vierter Stock.

Er drückte.

Rumpelnd setzte sich der Aufzug in Bewegung. Elias verlor den Halt und stieß gegen die Wand. Er stöhnte auf. Mist. Er war gegen die Knöpfe gepoltert und jetzt waren nicht nur der vierte, sondern auch noch der zweite und der dritte Stock gedrückt. Das würde ihn wertvolle Zeit kosten! Der Aufzug hielt im zweiten Stock. Elias fluchte leise und hoffte bloß, dass der Hausmeister noch schön lange auf Luna einreden würde. Oder umgekehrt. Dann hielt der Aufzug brav im dritten Stock. Elias schaute durch das schmale Sichtfenster ins Treppenhaus. Niemand zu sehen. Er spürte, wie ihm der Schweiß den Rücken hinunterlief. Ging denn das nicht schneller!

Endlich.

Vierter Stock.

Elias schob die Tür auf und zog den Heusack hinter sich her aus dem Aufzug. Der Sack klemmte, doch Elias zog weiter. Jetzt bloß keine Zeit verlieren! Er zog den dummen Sack mit einem Ruck nach vorne … und da machte es Ritsch.

Erschrocken wandte er sich um und sah, was geschehen war: Das Plastik war an der Seite aufgerissen und das ganze Heu quoll heraus. In diesem Moment hörte Elias Schritte die Treppe heraufkommen. Wenn das der Kinski war! Einen Wimpernschlag lang blieb Elias wie erstarrt stehen, dann drehte er sich einmal

im Kreis, aber in diesem Treppenhaus gab es keine Verstecke. Er würde total versagen! Sein Blick fiel auf die Wohnungstüren. Welche war die richtige?

Links stand Hermann.

In der Mitte Türlü.

Rechts Pennello.

Luna Pennello, jetzt fiel es ihm wieder ein, so war sie der Klasse vorgestellt worden. Hastig klingelte er. Die Schritte auf der Treppe kamen näher und immer näher. Entsetzt bemerkte er, dass er eine verräterische

Spur hinter sich gelassen hatte, eine Spur aus duftendem, verbotenem Heu, eine Spur, die direkt auf die Pennello-Tür zuführte. Er klingelte noch mal, auch wenn es vielleicht unhöflich war, so schnell und so lang zu klingeln, aber die Schritte waren nur noch ein Stockwerk entfernt, und jetzt klang es auch noch so, als würde, wer auch immer da kam, die Treppe hinaufrennen.

Pennello! War denn niemand zu Hause? Er stemmte sich verzweifelt gegen die Tür. Da wurde sie mit einem Ruck aufgerissen und Elias stolperte mitsamt Schulranzen und Heusack rückwärts in die Pennello-Wohnung und in einen weichen Bauch hinein. Gleichzeitig hatten die Schritte den vierten Stock erreicht und um die Ecke bog …

… Luna!

„Mensch, hast du mir einen Schreck eingejagt", rief Elias und rappelte sich hoch.

Luna lachte. „Halt! Stehen bleiben! Polizei!"

„Nanu, wer ist denn das?", hörte Elias den Bauch hinter sich sagen und drehte sich schnell um.

Hinter ihm stand eine Frau, ihre schwarzen Haare waren zu einem Knoten hochgesteckt, und auf dem Arm hielt sie einen kleinen Jungen.

„Das ist Elias, Mama", stellte Luna ihn vor. „Ich hab dir doch von ihm erzählt."

„Ach, das ist Elias?", wiederholte Lunas Mama und reichte ihm die freie Hand. „Du hast Heu im Haar."

Elias wurde schon wieder rot. Luna hatte von ihm erzählt!

„Wir mussten Butzis Heu in die Wohnung schmuggeln, Elias hat mir geholfen", erklärte Luna und packte jetzt wieder mit an. „Schnell, wir brauchen einen Besen."

„Papa wird nächste Woche mal mit dem Hausmeister reden", sagte Lunas Mutter, „so kann das ja nicht weitergehen. Ich heiße übrigens Maria."

„Hallo", sagte Elias und strich sich verwirrt durch die Haare. „Ich bin Elias."

„Weiß ich ja schon", sagte Maria und lachte.

„Wie war es in der Schule?", fragte sie, während sie Kehrblech und Besen ins Treppenhaus reichte. „Irgendwelche Neuigkeiten?"

„Nichts Besonderes", antwortete Luna, während sie mit Schwung das verstreute Heu zusammenkehrte.

„Na ja", widersprach Elias, „die Schöller hatte eine blaue Zunge und jemand hat Zorro gespielt, das finde ich eigentlich schon was Besonderes."

„Ach ja, stimmt", grinste Luna.

Ihre Mutter schaute sie erstaunt an. „Eine blaue Zunge?"

Luna nickte. „Irgendjemand hat ihr Tinte in den Kaffee gekippt. So, jetzt ist das Treppenhaus wieder okay, oder? Komm, Elias, ich zeig dir Butzi."

Butzi wohnte in Lunas Zimmer und sah ihn aus seiner Drahtkiste interessiert an. Er hatte braun-weiße

Schlappohren, ein wuscheliges Fell, schnüffelte am Gitter entlang und schien erfreut über das duftende neue Heu.

Luna schob ihm zwei Löwenzahnblätter durch den Draht. „Die hab ich auch am Kinski vorbeigeschmuggelt!“, sagte sie. „Ich hab ihn gefragt, ob man im Keller Verstecken spielen darf. Stell dir vor, der ist halb ausgerastet. Wie ich überhaupt auf den Gedanken käme! Dabei hatte ich gute Argumente. Im Keller ist es schließlich schön dunkel!“

Elias grinste und schaute sich im Zimmer um. Neben dem Hasenstall stand ein Stockbett. An der Wand stapelten sich noch einige Umzugskartons, aus einigen quollen Kleider heraus.

„Ich schlaf oben“, sagte Luna. „Unten schläft Chiara.“

„Und die Kisten?“

„Der Kleiderschrank wurde noch nicht geliefert“, meinte Luna. „Aber ich finde es ja eigentlich fast praktischer, wenn man nur in eine Kiste greifen muss.“

„Ha!“ Mit Geschrei wurde die Kinderzimmertür aufgestoßen und drei Gesichter schauten neugierig herein.

Gekicher.

Elias winkte. „Hallo.“

Noch lauteres Gekicher.

Schließlich kam auch noch der Kopf von Lunas Mama dazu. „Wollt ihr zwei Hübschen vielleicht Butterkuchen? Ich hatte vorhin Lust, was zu backen.“

„Logisch wollen wir Butterkuchen“, rief Luna und zog Elias hoch. „Komm!“

Die ganze Familie ist anders, dachte Elias. Ganz anders.

Dann biss er in den Kuchen und dachte erst mal nichts mehr. Es schmeckte zu gut.

Turnschuhe

Elias hörte ein Fluchen, wie er noch nie jemanden fluchen gehört hatte. Kreuz und quer fluchte es, den ganzen Park auf und ab. Er hatte sich heute einen Schülerdöner kaufen dürfen wie jeden Dienstag. Mama hatte ihm Geld mitgegeben und jetzt saß er auf einem Baumstamm am Spielplatz in der Frühlingssonne und wunderte sich.

„Welcher Saukerl war das, Mann?", rief einer der großen Jungs, die am Nachmittag oft hier abhingen und mal mit ihren Longboards, mal mit ihren Rollerskates auf den Wegen hinter dem Spielplatz herumfuhren.

„Und wer ist auf die saublöde Idee gekommen, die Kleinen zu jagen und unser Zeug hier allein zu lassen?", fragte ein anderer zurück.

Sie waren zu fünft und alle fünf kreisten mit ihren Inlineskates um einen der großen Bäume und starrten nach oben.

„Tu doch nicht so superschlau! Du hast doch sonst auch nichts dagegen, ein bisschen Sport zu machen", erwiderte ein anderer in rotem T-Shirt und spuckte aus. „Kann doch keiner ahnen, dass irgendein Idiot inzwischen unsere Schuhe klaut!"

Elias folgte ihren Blicken.

Oben in den Ästen hingen, schön säuberlich an den Schnürsenkeln zusammengebunden, fünf Paar Turnschuhe und schaukelten im Wind. Beinah hämisch sahen sie aus, wie sie dort oben hingen, drei Meter über den Köpfen ihrer Besitzer.

„Los, Speedy, kletter endlich hoch!", rief der im roten T-Shirt.

„Wieso ich?", rief der, der Speedy sein musste. „Wie soll ich denn da hochkommen?"

Irgendjemand musste die Schuhe der Jungs stibitzt, verknotet und über die Äste geschleudert haben, während die fünf mal wieder die Kleinen geärgert hatten. Solange Elias denken konnte, hatte es immer irgendwelche Großen gegeben, die die Kleinen durch den Park jagten, wenn es ihnen gerade Spaß machte. Es war fast schon Tradition. Er biss in seinen Döner und riss sich zusammen, damit er nicht allzu schadenfroh aussah. Es hatte die Richtigen erwischt.

„Halt's Maul und mach mir lieber Räuberleiter", forderte ein Junge, der sich ein Zickzackmuster in die Haare rasiert hatte. Er zog sich die Skates aus. „Wenn Speedy nicht will, geh ich."

„Räuberleiter? Wie denn?", schimpfte der im roten T-Shirt, „ich hab Rollen an den Füßen."

Die anderen lachten. „Ausziehen, ausziehen!"
„Mann!" Der Typ hockte sich auf den Boden.
Elias musste doch grinsen, schnell steckte er sich den letzten Rest seines Döners in den Mund, schüttelte sich die Brösel von der Jacke und stand auf. Am Dienstag schaute er immer bei Kurt vorbei, bevor er nach Hause ging, und er freute sich schon. Vielleicht gab es Eis. Mama hatte wieder Spätschicht.

„He", hörte er da einen der Jungs, „auf meinen Schuh hat einer ein Z gemalt!"

Moment.

Elias glaubte, sich verhört zu haben.

Schon wieder Z!

„Auf meinen auch", rief der Rasierte, während er sich am Ast entlanghangelte und das nächste Paar Schuhe nach unten schubste. „Wenn das nicht wieder abgeht, kotz ich."

„Ich glaub, ich spinn – bei mir ist auch ein Z drauf!" Speedy hielt seine Schuhe wie ein angefaultes Gemüse in die Luft. „Wer macht denn so was?"

Der rote Typ sah sich unsicher um. „Wenn du mich fragst, da spielt jemand Zorro." Sein Blick fiel auf Elias, der gerade seine Serviette in den Müll schmiss. „He, du!"

Elias beschloss, die Fünf zu ignorieren, sprang über den Baumstamm und ging strammen Schritts und ohne sich noch einmal umzusehen Richtung Straße.

„Warte doch!", hörte er die Jungs schimpfen, aber er wusste ja, dass sie auf Socken dastanden und ihm so schnell nicht folgen würden, und lief unbeirrt weiter.

Zorro.

Der Rächer der Enterbten.

Beschützer der Armen und Waisen und Hilflosen.

Z hatte wieder zugeschlagen.

Das Ganze war völlig wahnsinnig. Elias wusste nicht, was er denken sollte. Als er die Straße überquerte, meinte er, eine dünne Gestalt durch die Büsche huschen zu sehen. Verblüfft hielt er inne. Es war nur ein Schatten, der sich dort durchs Gebüsch schlängelte und weiter hinten zwischen den Hecken verschwand. Ein Schatten – das war sehr verdächtig.

„Zorro?“ Kurt lachte ihn mit seinem zahnlosen Mund an. „Sind wir im Wilden Westen?“

Sie saßen auf der Bank vor Kurts Haus. Vor ihnen auf dem wackligen Gartentisch standen zwei üppige Portionen Vanilleeis in geblümten Porzellanschälchen. Elias hatte kräftig Schokosauce über seine Portion geschüttet, viel mehr, als er zu Hause jemals gedurft hätte. Sein Leih-Opa hatte sich, wie er gesagt hatte, einen Whisky gegönnt und statt der Schokosauce über das Eis gekippt. Nun saßen sie in der Maisonne und löffelten andächtig vor sich hin. Die Blätter an den Bäumen waren frisch geschlüpft und leuchteten in diesem ganz besonderen Grün und die zwei Hühner scharrten in der Erde und plusterten sich genüsslich auf.

Unterm Tisch lag Benko und schlief. Benko war Kurts struppiger Hund, dessen Fell aussah wie ein alter Teppich – und leider auch so roch. Kurts Haus war genauso klapprig wie er selbst, aber, wie er immer sagte, ein kleiner Dachschaden sei noch kein Grund zum Abreißen, und das gelte für Häuser genauso wie für Menschen.

„Zorro, nee, nee, mein Kleiner, das bildest du dir ein.“ Kurt tupfte sich einen Eistropfen vom Hemd. „Das ist Zufall gewesen. Z wie Zufall.“

„Aber – die Sache ist doch klar“, wiederholte Elias noch einmal die Sachlage. „Erst hat die Schöller einen Denkzettel bekommen, weil sie immer so streng ist. Und dann die Jungs, weil sie die Kleinen gejagt haben.

Wie bei Zorro. Der rächt die, die es selbst nicht tun können, und bestraft die Bösen."

Kurt strich sich über seine weißen Bartstoppeln, die er sich seit Neuestem wachsen ließ. Weil seine Augen nicht mehr mitmachten und er sich beim Rasieren nicht in die Nase schneiden wollte, hatte er gemeint. „Zorro hat einen Degen, wenn ich es dir doch sage. Wenn einer Zorro spielen wollte, würde er mit Degen auftreten. Ich hab alle Zorro-Hefte gelesen. Im Allgemeinen ist er ein angesehener, freundlicher Mann, aber wenn keiner hinschaut, verkleidet er sich mit einer schwarzen Maske und hilft denen, die sich selbst nicht helfen können. Mit Degen!"

Elias lachte. „Mit Degen wäre er viel zu auffällig, Kurt! Fasching ist doch längst vorbei."

„Wenn schon, denn schon", erwiderte Kurt und erhob sich. „Zorro braucht einen Degen. Hat dein Z aber nicht. Also. Aber jetzt mal was anderes. Junge, wo du schon mal da bist, wärst du so freundlich und würdest Schnibbels Käfig putzen? Der Kerl hat schon wieder alles vollgemacht."

Schnibbel war Kurts Wellensittich. Kurt behauptete, dass er „Schnuckiputzi", „Essen fassen" und „Prost" sagen konnte, aber vor Elias weigerte Schnibbel sich standhaft, sein Können unter Beweis zu stellen.

Mama schüttelte immer den Kopf über Kurt und „seinen Zoo", wie sie es nannte, aber Elias mochte die Tiere. Zu Hause tickte allerhöchstens die Uhr über der

Spüle, ansonsten war es totenstill und langweilig. Bei Kurt gackerte und bellte und zwitscherte es. Da fand Elias es nicht schlimm, ab und an den Käfig sauber zu machen.

Elias und der Hund folgten Kurt ins Haus, in dem es dunkel nach Erinnerungen und Essiggurken roch und ein wenig auch nach Hühnerdreck.

Elias holte die Tüte mit Vogelsand aus dem Fach unter der Spüle und bahnte sich einen Weg durch verschiedene Zeitungsstapel und allerlei Stühle. Die hatte Kurt überall im Haus verteilt, um sich jederzeit bei Bedarf setzen zu können, wenn seine Beine mal nachgaben.

Schnibbel flatterte aufgeregt in seinem Käfig hin und her.

„Schnuckiputzi!", flötete Kurt. „Prost, Schnuckiputzi!"

Der Vogel zwitscherte zwar fröhlich weiter, sagte aber kein Wort.

„Schnuckiputzi!", versuchte Kurt es noch einmal. „Schnucki-putzi! Hörst du nicht? *Schnu – cki – put – zi!* Na, dann eben nicht." Er sah entschuldigend zu Elias hinüber. „Er mag einfach nicht öffentlich auftreten."

Elias öffnete vorsichtig die Käfigtür und schob mit einem Küchenpapier den Vogelmist zusammen.

„Gestern war ich beim *Futtertrog*", berichtete er. „Wir haben mindestens fünf Kilo Heu gekauft."

„Oha", machte Kurt und ließ sich auf einen Schemel

fallen. „Das ist viel. Vor allem, wenn man kein Pferd hat. Oder hast du seit Neustem eins?“

„Luna braucht es, das Heu“, sagte Elias.

Und dann erzählte er von seiner neuen Banknachbarin in der Klasse und ihrer Schmuggelaktion, von dem illegalen Kaninchen und dem Hausmeister Kinski, dass Luna noch drei Geschwister hatte und einen Vater, der, wie Luna ihm lang und breit erklärt hatte, aus Italien kam und trotzdem bei dem Griechen an der Ecke als Koch eingestiegen war. Seither gab es bei dem Griechen auch Pizza.

„Der olle Kinski“, knurrte Kurt, „der soll endlich mal Ruhe geben. Der hat mich schon geärgert, als du noch nicht geboren warst. Leistet Widerstand! Diese Luna gefällt mir.“

Elias nickte, schließlich gefiel sie ihm auch.

„Ich danke dir fürs Ausputzen“, brummte Kurt nach zehn Minuten zufrieden, „nun sind wir wieder für eine Weile sauber. Jetzt soll noch mal einer kommen und behaupten, wir könnten uns nicht selbst versorgen, was, Schnuckiputzi?“

Schnibbel legte den Kopf schief, antwortete aber wieder nicht.

„Wer sagt denn so was?“ Elias war entrüstet.

„Na, mein kleiner dicker Neffe zum Beispiel. Der sorgt sich in letzter Zeit ganz außerordentlich um mich. Er macht sich sogar Gedanken, was man hier alles so bauen könnte.“

Elias verstand kein Wort. „Wo will er was bauen?"

„Na …" Kurt schmunzelte. „Wenn ich mal nicht mehr bin, dann kriegt er das alles, und weil er das schon weiß, macht er sich schon mächtig Gedanken."

„Wenn du mal nicht mehr bist – sag doch so was nicht!", wehrte Elias ab. „Sonst muss *ich* mir ja Sorgen machen."

„Musst du nicht, mein Junge, nee, nee, musst du nicht. Noch halten wir uns gut. Aber ich hab ja keine Kinder, und da dachte ich, es wäre eine gute Lösung, wenn er mal das Grundstück übernimmt. Irgendwann muss man ja sein Testament machen."

Sie waren wieder auf die kleine Wiese vor dem Haus getreten. Eine Fahrradklingel riss sie aus ihren Gedanken.

„He, Elias!" Luna hockte lässig auf ihrem Fahrrad und hielt sich mit einer Hand am Gartentor fest. „Ich dachte, du wohnst zwei Häuser weiter!"

Elias nickte. „Tu ich ja. Das ist das Haus von meinem Leih-Opa. Der wohnt hier!"

„Ganz richtig, der wohnt hier, der Leih-Opa", mischte sich Kurt ins Gespräch. „Lass mich nachdenken. Du bist das Hasenmädchen, hab ich das richtig erraten?"

Luna lachte. „Pst! Butzi ist ein Geheimnis."

Kurt grinste sein zahnloses Grinsen. „Oha, jetzt gibt's Ärger."

Luna stieg vom Fahrrad. „Darf ich reinkommen? Mensch, das ist ja genial hier!"

Sie deutete auf den verwilderten Garten, in dem Schlingpflanzen über den Schuppen wuchsen, Löwenzahn, Spitzwegerich und Schafgarbe um die Wette wucherten und die Hecke aus ineinander verflochtenen Büschen bestand. Es war eigentlich mehr ein Urwald als ein Garten.

„Genial? Das freut mich!“ Kurt kratzte sich überrascht am Kopf. „Ich komm zurzeit einfach nicht zum Unkrautjäten.“

„Genial“, wiederholte Luna und schmiss sich ins hohe Gras.

„Vorsicht, dass du dich nicht in Hühnerkacke setzt“, warnte Elias. Er sprach aus Erfahrung.

„Hühnerkacke? Ich liebe Hühnerkacke!“, rief Luna. „Her mit der Hühnerkacke! Hühner, kackt, so viel ihr wollt!“

Prompt glotzte ein Huhn um die Ecke, aber es kam nicht näher, und es machte auch keine Anstalten, irgendwohin zu kacken.

Luna lachte. „Siehst du, ich kann mit Hühnern sprechen.“

„Das ist keine Kunst“, meinte Elias. „Toll wird es erst, wenn die Hühner auch mit dir sprechen. Aber das können die hier nicht, das wüsste ich. Nur der Wellensittich kann sprechen – nicht wahr, Kurt?“ Elias zwinkerte ihm zu. „Leider nur, wenn keiner zuhört.“

„So ist das Leben eben, er spricht nur im Geheimen“, sagte Kurt trotzig. „Du sollst einen alten Mann nicht ärgern, das lohnt sich nicht mehr.“

Und dann holte er noch mal für alle Eis und für sich noch mal einen Whisky und die Welt war rundherum voller Mai.

Rache

Mama sah müde aus. Sie warf ihre Jacke auf das Sofa, schmiss sich daneben und streckte die Beine aus. „Nanu, da liegt ja dein altes Zorro-Kostüm. Willst du auf eine Gruselparty gehen?“

Ertappt schob Elias es zur Seite. „Ich wollte es mir nur mal wieder anschauen.“

Mama warf ihm einen prüfenden Blick zu. „Ich habe eine Mail von der Schule bekommen. Darin hieß es, jemand habe gestern die korrigierte Mathearbeit mutwillig zerstört und sich als Zorro ausgegeben, und jeder soll mit seinem Kind sprechen.“

Elias schluckte. „War voll krass, ja.“

Mamas Blick wanderte prüfend über sein Gesicht und dann weiter zu der schwarzen Gesichtsmaske mit dem Gummizug und zum Umhang. „Aber … du warst es nicht zufällig?“

Elias schüttelte heftig den Kopf. „Mama! Was denkst du! Da war überhaupt keiner mit Umhang! Da stand bloß ein Z auf der Tafel. Aber du hättest mal das Gesicht der Schöller sehen sollen, das war echt cool. Nur

gut, dass die Mathearbeit futsch war – ich hätte sicher eine Sechs bekommen."

Mama seufzte. „Ich hätte mehr mit dir lernen sollen."

„Passt schon, Mama."

„Gibt es denn keinen in deiner Klasse, der dir helfen kann, wenn du was nicht verstehst?"

„Nö. Die verstehen es auch alle nicht. Du brauchst dir keine Sorgen zu machen. Das ist normal."

„Was ist denn mit der Neuen, die neben dir sitzt? Kommt die in Mathe mit?“

„Luna?“ Elias stutzte. „Na gut, du hast recht, die kapiert es tatsächlich. Aber sie ist eine Ausnahme.“

Luna war ein Mathe-Genie, das hatte er gleich am ersten Tag gemerkt. Bei ihr fügten sich alle Zahlen in wenigen Sekunden automatisch zu einer Lösung, während sich bei ihm nur ein Knoten im Hirn bildete.

Mama sah ihn an. „Na, dann könnte sie dir doch ein bisschen Mathe-Nachhilfe geben.“

„Mama, das ist doch peinlich!“

„Das ist nicht peinlich, das ist Nächstenliebe.“ Sie stand auf und nahm sich die Ohrringe ab. „Ich bin vielleicht fertig. Fix und fertig! Lauter schwierige Fälle heute. Gut, dass du nicht vorbeigekommen bist.“

Elias liebte das Krankenhaus. Schon seit er denken konnte, ging er dort ein und aus. Früher hatte er leere Spritzen geschenkt bekommen, aber das war lange her. Auf Mamas Station, wo sie vor allem Knochenbrüche behandelten, kannte er alles. Und mit Christel am Empfang war er fast befreundet. Bei der nippte er manchmal eine kleine bittere Tasse Kaffee mit viel Milch und Zucker. Darf man mit zehn, sagte Christel immer. Irgendwann muss man ja anfangen, meinte sie.

Sie hörten, wie die Wohnungstür geöffnet wurde.

„Hi, Leute!“ Das war Papa. „Heute macht der Praktikant meine Arbeit fertig“, sagte er grinsend und schwenkte eine Tüte. „Und hier ist unser Abendessen!“

„Hallo, Schatz!“ Mama warf ihm einen Luftkuss zu. „Abendessen klingt genial. Was ist es denn?“

„Frühlingsrollen“, rief Papa und ging in die Küche. „Weil doch Frühling ist. Mit gebratenem Reis. Vom Thai neben der Redaktion.“

Elias merkte plötzlich, wie hungrig er war. Er lief Papa hinterher in die Küche.

„Na, Großer“, sagte Papa und wuschelte ihm über den Kopf. „Alles klar?“

Elias nickte.

„Bei euch in der Schule geht's ja hoch her! Ich hab heute eine Mail bekommen und darin steht, dass jemand sich als Zorro verkleidet hat.“

„Habe ich schon mit Mama besprochen“, murmelte Elias.

„Sei ehrlich!“ Papa zwinkerte ihm zu. „Warst du's?“

„Nie im Leben würde ich so was tun“, protestierte Elias.

Papa seufzte. „Ich weiß.“

„Ich war heut bei Kurt“, erzählte Elias.

„Auch gut“, sagte Papa und verteilte die Frühlingsrollen auf drei Teller. „Hast du ihm ein bisschen geholfen?“

Elias nickte. „Aber er sagt, jemand will sein Haus abreißen.“

Papa lachte. „Die Bruchbude! Kein Wunder.“

Elias war empört. „Das ist keine Bruchbude! Außerdem darf man doch nicht einfach so ein Haus abreißen. Die haben schon das ganze Erdbeerfeld zugebaut. Man kann doch nicht einfach alles, was schön ist, abreißen und zubauen!"

„Die Leute brauchen aber Wohnungen." Papa zuckte mit den Schultern. „Und mit Wohnungen kann man viel Geld verdienen."

„Und Kurt? Und die Hühner? Wo sollen die dann hin?" Elias fühlte, wie er wütend wurde. Verstand Papa ihn nicht oder wollte er ihn nicht verstehen? Auch noch die Baufritzen zu verteidigen!

„Noch ist es ja nicht so weit, dass irgendjemand irgendetwas abreißt. Das Haus ist ja schließlich bewohnt. Oder geht Kurt ins Altersheim?"

„Das geht er auf keinen Fall", behauptete Elias.

Was für ein absurder Gedanke! Kurt brauchte doch noch nicht mal einen Rollator.

„Siehst du", meinte Papa. Dann rief er: „Essen ist fertig! Kommt und lasst euch verwöhnen!"

„Mensch, Michael", sagte Mama und kam aus dem Wohnzimmer herüber. „Was bist du für ein fabelhafter Koch!"

Papa grinste Elias an. „Man muss eben wissen, wie man Frauen beeindrucken kann."

„Kinder kann man damit nicht beeindrucken", sagte Elias und grinste zurück. „Ich habe den Koch durchschaut."

Papa verzog das Gesicht. „Wie kann man Kinder denn beeindrucken?"

„Indem man Butterkuchen für sie backt“, erwiderte Elias und dachte an den leckeren Kuchen bei Luna.

Papa lachte. „Vielleicht kann man Kinder auch damit beeindrucken: Habt ihr Lust, nach dem Essen einen Film anzuschauen?“

„Au ja“, rief Elias, „das gilt. Welchen denn?“

Während sie aßen, versuchten sie, sich auf einen Film zu einigen. Auf einen, der weder zu brutal noch zu gruselig war, aber auch kein Liebesfilm und erst recht kein Babyfilm, und alles in allem war das nicht so einfach. Schließlich verständigten sie sich auf *Sherlock Holmes,* schauten dem Meisterdetektiv beim Kombinieren zu und dachten nicht mehr an Z.

Natürlich. Die Schöller wollte sich rächen. Das war ja klar gewesen. Aber gleich so grausam! Elias schwitzte über der Frage, wie viele quadratische Steinplatten von einem Meter Länge man braucht, um einen Gartenweg zu legen, der außen um ein rechteckiges Grundstück führt, das doppelt so lang wie breit ist. Wobei, und das war ein ausgesprochen fieses Zusatzproblem, die Breite die drittniedrigste Primzahl darstellte.

Elias verstand einfach nicht, wieso jemand auf die Idee kommen sollte, einen Gartenweg so idiotisch zu bauen, dass er einmal außen um den Garten herum und nicht in den Garten hinein oder zu einem Haus führte, egal wie viele Steinplatten er dafür brauchte. Außerdem wusste er nicht, wie die drittkleinste Primzahl lautete, weil er vergessen hatte, was eine Primzahl war.

Die Schöller hatte heute eine Mathearbeit eingeschoben, eine gesalzene Rachearbeit, die sie benoten und danach samt ihrer Tasche Tag und Nacht bewachen würde, und jetzt schlich sie stumm durch die Reihen wie ein Racheengel, während die Klasse rechnete, schwitzte und brütete.

Fünf.

Irgendjemand hatte eine Fünf auf den Tisch gemalt. Mit Bleistift. Und dieser Jemand musste Luna gewesen sein, denn die verstrich jetzt die Zahl langsam und unauffällig wieder mit dem Daumen, bis nur noch ein grauer, schmieriger Fleck zu sehen war.

Elias überlegte.

War das eine Botschaft für ihn? Wollte sie ihm etwa auf die Sprünge helfen? Dann war fünf wohl die drittkleinste Primzahl. Nun schrieb sie vierunddreißig auf den Tisch und wischte auch diese Zahl bedächtig mit dem Finger wieder aus, ohne den Blick von ihrem Blatt zu heben. Dort stand schon allerhand, es war eigentlich sogar von oben bis unten vollgeschrieben, aber Elias traute sich nicht, genauer hinzusehen. Abschauen war strengstens verboten. Elias dachte nach.

Fünf.

Vierunddreißig.

Wenn fünf die drittkleinste Primzahl war, dann war das Doppelte zehn. Probehalber schrieb er die Zahlen aufs Papier. Sah schon nicht mehr ganz so leer aus. Danach malte er, wie es gefordert war, eine Skizze von dem rechteckigen Grundstück aufs Blatt, fügte sogar noch drei Bäume und drei Hühner ein und beschriftete alles sorgfältig. Sogar die Hühner, er nannte sie Flecki, Specki und Z.

Vierunddreißig musste die Anzahl der gesuchten Steinplatten sein, die der idiotische Besitzer des Grundstücks einmal außen herum legen wollte. Also schrieb Elias „34 Stück" an den Rand des Steinplattenwegs. War einen Versuch wert. Besser, als ein leeres Blatt abzugeben. Auch wenn er selbst nach längerer Meditation nicht verstand, wieso vierunddreißig die Lösung sein sollte. Die Schöller hatte nichts bemerkt. Das war die Hauptsache.

„Ist doch ganz einfach", versuchte Luna ihm hinterher die Rechnung zu erklären. „Die vier Platten an den Ecken kommen noch dazu."

Elias nickte, aber er verstand immer noch nichts.

„Wenn du heute Nachmittag Zeit hast, zeig ich dir mein Mathe-Übungsheft", sagte Luna. „Negative Zahlen inklusive."

„Echt?", fragte Elias überrascht. „Du meinst, du gibst mir Nachhilfe?"

Luna lachte. „Aber nur eine Viertelstunde. Sonst wird es mir zu langweilig."

„Gut! Ich komm um vier Uhr, okay?“, sagte Elias rasch.

Diese Chance galt es auszunutzen. Weniger wegen Mathe, sondern vor allem wegen Luna.

Zu seiner Freude nickte sie. „Ja, mach das! Um vier ist perfekt.“

Nikolaus

Als Elias vor Lunas Haus stand, sah er den Hausmeister am Mülltonnenhäuschen lehnen und telefonieren. Er machte ein verbissenes Gesicht und betrachtete Elias misstrauisch.

„… wüsste nicht, warum ich zu Ihnen in die Wohnung kommen sollte“, hörte er ihn in sein Handy grummeln. „… ja, ich weiß, das steht auf dem Zettel, dass Sie den Hausmeister rufen sollen …“

Elias klingelte bei Pennello und achtete nicht weiter auf den Kinski. Obwohl der immer lauter wurde. „Ob ich sicherheitshalber doch mal hochkommen kann, weil der Zettel von der Hausverwaltung kommt?“

Elias klingelte noch mal. War niemand da?

„Was?! Die Nachbarn haben den Zettel auch bekommen?“, schimpfte der Kinski. „Nein … Schon, aber ich habe keine Zettel eingeworfen, nicht bei Frau Maier, nicht bei Türlü und auch nicht bei Ihnen!“

Da hörte Elias ein leises „Pst“ hinter sich und drehte sich erstaunt um. Das Pst war aus dem Mülltonnenhäuschen gekommen. Er warf dem Kinski einen Blick zu, aber der scherte sich nicht um ihn, sondern stapfte wütend ins Haus. „Ja, ja, ich komme ja, aber Sie werden sehen, das Ganze ist ein Fehler, ich muss überhaupt nichts bei Ihnen reparieren … Nein, der Zettel stammt wahrscheinlich gar nicht von der Hausverwaltung … Nein, was weiß ich …“

„Ha!“ Luna sprang mit einem Satz hervor.

„Was machst du denn da?“, fragte Elias.

„Ich hatte noch was zu tun“, meinte sie ausweichend. „Und da hab ich beschlossen, hier unten auf dich zu warten.“

„Ah“, machte Elias. „Euer Hausmeister ist wohl dauerschlechtgelaunt.“

Luna grinste. „Der hat immer was zu schimpfen. Jetzt will er nicht in die Wohnungen schauen, obwohl alle ein Schreiben von der Hausverwaltung bekommen haben, in dem steht, dass jeder umgehend den Hausmeister rufen soll.“

Elias kam nicht ganz mit. „Aber warum denn?“

„Weiß ich nicht, da musst du die Hausverwaltung fragen“, erwiderte Luna. „Los, wir gehen in den Keller, die Luft ist ja jetzt rein.“

„Ich dachte, wir machen Mathe“, sagte Elias erstaunt.

„Das hat doch echt noch Zeit. Wo wir jetzt ungestört Verstecken spielen können!“

Luna schlüpfte schon die Kellertreppe hinunter und Elias beeilte sich hinterherzukommen.

„Im Keller ist Versteckenspielen doch verboten!“, rief er.

„Schon, aber der Kinski ist ja jetzt beschäftigt“, gab Luna zurück und klang sehr zufrieden. „Nicht das Licht anmachen!“

„Warum denn? So sieht man ja nichts“, meinte Elias unsicher.

„Eben“, antwortete der Schatten vor ihm, der Luna sein musste. „So ist es tausendmal spannender. Du zählst. Ich verstecke mich. Es gilt auch in allen Kellerabteilen, die nicht abgesperrt sind.“

„Aber – da darf man doch nicht einfach so rein! Die gehören doch jemandem.“

„Im Dunkeln darf man da schon rein“, tönte es aus der Kellerfinsternis. „Wir machen ja nichts kaputt.“

„Also gut.“ Allein hätte Elias sich das nie getraut, aber Luna musste ja wissen, was sie tat. Sie wohnte schließlich hier.

Als er bis fünfzig gezählt hatte, tastete er sich vorsichtig den Gang entlang. Nur durch zwei kleine staubige Luken fiel etwas Licht herein. Rechts gingen zwei schwere Metalltüren ab, aber er hatte keine Tür gehört. Also musste Luna weiter geradeaus geschlichen sein. Die Kellerabteile waren mit Holzgittern abgetrennt. Und hinter den Holzgittern lauerten schwarze Schränke – und Schatten, die vielleicht Schlitten waren, vielleicht Fahrräder oder Autoreifen. Elias blieb stehen und lauschte.

Alles war still. Von irgendwo aus dem Haus über ihnen war die Stimme des Hausmeisters zu hören. Er klang immer noch nicht besser gelaunt.

Moment mal.

Aus dem Kellerabteil direkt vor ihm kam ein leises Schnaufen.

Elias nickte zufrieden und spähte durch die Gitterstäbe. Er konnte ein vollgestopftes Regal erkennen. Sachte schob er die Gittertür auf und zwängte sich hindurch. Alles war voller Kartons. Plötzlich fuhr er zusammen. Zwischen den zwei hintersten Kartons starrte ihn, stumm und bewegungslos, ein weißbärtiges Gesicht an. Elias klopfte das Herz bis zum Hals. Doch dann erkannte er, dass der Bart ein Nikolausbart und das Gesicht dahinter Luna war.

„Hab dich!“, rief er triumphierend.

„Ho ho ho“, tönte es dumpf hinter dem langen Bart hervor. „Wer stört meinen Sommerschlaf?“

Elias lachte. „Mensch, du kannst dir doch nicht einfach den Bart umhängen!“

„Das siehst du doch, dass ich das kann!“ Luna krabbelte hinter den Kartons hervor.

„Du weißt ja gar nicht, wem der Bart gehört.“

„Dem Nikolaus, wem sonst“, erwiderte sie und grinste. „Jetzt versteckst du dich!“

Als sie eine halbe Stunde später ziemlich verstaubt wieder aus dem Keller auftauchten, stand der Kinski vor den Briefkästen am Hauseingang. Eine Frau mit grünem Hut und Dackel redete auf ihn ein.

„Aber, Herr Kinski, schauen Sie, hier steht es doch", sagte die Dackelfrau gerade und tippte mit dem Finger auf einen Zettel, den sie in der Hand hielt. *„Bitte rufen Sie sofort den Hausmeister an. Er soll dringend etwas in Ihrer Wohnung reparieren.* So steht es hier. Unterschrift *Hausverwaltung.*"

„Das wurde überall eingeworfen", knurrte der Kinski. „Und ich plag mich schon den ganzen Tag damit herum, allen im Haus zu erklären, warum ich nicht komme und auch nichts repariere."

„Aber warum denn nicht?", fragte die Dackelfrau zurück und ihr Hund kläffte wie zur Bestätigung. „Das müssen Sie doch! Das steht doch hier."

„Himmelherrgott, das ist eine Fälschung!", fuhr der Hausmeister sie an. „Kapiert denn das keiner in diesem Haus?"

Elias wollte sich vorbeidrücken, aber Luna hielt ihn zurück. „Warte, ich will noch zuhören."

„Wieso?", fragte Elias erstaunt.

„Ist doch witzig, wie der Kinski schwitzt", murmelte Luna.

Sie verharrten im Halbdunkel der Kellertreppe und lauschten.

„Da wär ich mir nicht so sicher,

dass das eine Fälschung ist", widersprach die Dackelfrau jetzt. „Haben Sie denn schon bei sich selbst in den Briefkasten geschaut? Vielleicht liegt da ja auch eine Anweisung für Sie von der Hausverwaltung!"

Der Kinski murmelte etwas Unverständliches, dann zischte er mit zusammengebissenen Zähnen: „Also gut, wenn es unbedingt sein muss, schauen wir in meinen Briefkasten – aber Sie werden sehen, dass es keine solche Anweisung gibt."

Sie hörten Schlüsselgeklapper. Eine Briefkastentür wurde geöffnet.

„Na bitte", rief die Dackelfrau triumphierend, „da liegt doch ein Schreiben für Sie!"

Dem Hausmeister schien es die Sprache verschlagen zu haben. Papier raschelte.

„Aber das ist kein Schreiben von der Hausverwaltung, das ist gar nichts!", hörten sie den Kinski endlich.

„Das ist eindeutig ein Z", meinte die Dackelfrau. „Nur ein Buchstabe! Wer macht denn so was?"

„Was?" Elias hätte vor Überraschung fast das Gleichgewicht verloren.

Schon wieder Z!

„Pst", machte Luna neben ihm.

„Pah!" Der Hausmeister zerknüllte das Papier.

„Ja, Sie haben wohl recht gehabt", hörten sie die Dackelfrau. „Dann scheint auch mein Schreiben eine Fälschung zu sein. Schade, bei mir hätten Sie einiges zu reparieren gehabt." Sie lachte. „Sie wollen nicht trotzdem vorbeikommen?"

„Hab anderes zu tun", murmelte der Hausmeister und wollte sich schon abwenden, da fiel der Dackelfrau noch was ein.

„Z! Hören Sie, ich glaube, ich weiß, was das heißen könnte: Zorro! Sie wissen schon, der gute Rächer, der heimlich die Bösen bestraft."

„Wie meinen Sie das?", fragte der Kinski grimmig.

„Na, haben Sie vielleicht nicht aufgegessen?", meinte

die Dackelfrau belustigt. „Weiß ich doch nicht, was Sie auf dem Kerbholz haben."

Der Hausmeister lachte gequält, während die Frau mitsamt Hund in den Fahrstuhl stieg. Sobald sie verschwunden war, suchte er schnaubend das Weite.

„Hast du das gehört?", fragte Elias fassungslos, als die Luft rein war. „Z! Wie bei uns in der Klasse!"

Luna nickte. „Total krass."

„Und hab ich dir schon erzählt, dass ich gestern die großen Jungs im Park gesehen habe? Irgendjemand hat ihre Schuhe zusammengebunden und über einen Ast an einem hohen Baum geworfen – und auch ein Z daraufgemalt."

„Puh", machte Luna. „Das ist ja echt irre."

„Und ich hab jemanden weghuschen sehen!"

„Was?" Jetzt schien Luna ehrlich beeindruckt. „Wen?!"

„Das hab ich leider nicht erkennen können. Ein schwarzer Schatten. Vielleicht so groß wie du."

Luna sog die Luft ein. „Du meinst, das war der Typ, der Zorro spielt?"

Elias nickte, fischte einen der zusammengeknüllten Zettel aus dem Papierkorb neben den Briefkästen und strich ihn glatt. „Und jetzt hat er sogar in deinem Haus zugeschlagen! Wahnsinn! Lauter falsche Briefe zu schreiben! Das muss einem erst mal einfallen!" Er studierte das Schreiben. „Echt cool. Mit dem Computer getippt."

„Na, eine Fälschung soll ja echt aussehen“, meinte Luna. Dann fügte sie langsam hinzu: „Ich glaube, ich habe gestern auch einen schwarzen Schatten gesehen.“

„Wo?“, fragte Elias perplex.

„Im Garagenhof!“

Er warf einen Blick nach draußen. An der Wand lehnte wieder der schlaksige Jugendliche mit dem schwarzen Kapuzenpulli. Diesmal telefonierte er. Könnte der Zorro sein? Möglich wäre es.

„Komm, machen wir Mathe!“ Luna drückte den Aufzugknopf.

„Dreimal Z.“ Elias kratzte sich am Kopf. „Wie sah denn der Schatten aus, den du gesehen hast?“

„Na, irgendwie dunkel. Und dünn.“

Elias folgte Luna langsam in den Aufzug. Die Beschreibung würde wirklich auf den Typen da im Garagenhof passen.

„Ich war sogar auch mal Zorro“, sagte er, „an Fasching.“

„Ich auch“, erwiderte Luna und kicherte. „Das ist das Problem, wenn du diesem Z auf die Spur kommen willst. Zorro ist sehr bekannt. Es könnte jeder sein.“

XYZ

„Nimm dir ruhig ein paar mehr." Christel hielt ihm die Tüte mit den Gummibärchen hin. „Sonst esse ich alles allein auf und werde kugelrund wie ein Fußball."

„Das wäre schlecht!" Elias grinste und griff noch einmal in die Tüte. „Besser, ich helfe dir."

Er saß auf einem Drehstuhl neben Christel an der Pforte des Krankenhauses und betrachtete ein paar Patienten, die mit eingegipstem Arm oder Bein vor der Tür standen und rauchten. Obwohl Rauchen ja nicht gesund war und doch sicher jeder schnell gesund werden wollte, der im Krankenhaus war!

Elias biss einem grünen Gummibärchen den Kopf ab. Ob Mama nicht bald mal Feierabend hatte? Sie waren für 16 Uhr verabredet, um Schuhe kaufen zu gehen, und sie war schon zwanzig Minuten zu spät.

„Magst du vielleicht einen kleinen Kaffee?", fragte Christel und goss ihm einen Schluck in eine Tasse, bevor er antworten konnte. „Das tut jedem gut."

Elias grinste wieder, ließ vier Zuckerwürfel in die Tasse gleiten und rührte um.

Wann kam denn Mama endlich?

„Das Leben ist doch manchmal gemein", sagte Christel nach einer Weile, während sie etwas in den Computer tippte. „Hier habe ich einen, der muss auf den Kopf gefallen sein. Er kann sich nicht mehr erinnern, wie er heißt. Der ist im Stadtpark aufgesammelt worden, da ist er herumgeirrt und hat jeden gefragt, welcher Tag heute ist."

Elias musste lachen. „Der Arme. Ein Glück, dass ihn jemand hergebracht hat."

Christel nickte. „Schon. Aber ich weiß nicht, unter welchem Namen ich ihn anmelden soll. Ich schreib einfach mal XY." Christel hielt inne. „Oder ich schreib Z."

Elias horchte auf. „Wieso denn Z?"

„Na, weil es der letzte Buchstabe im Alphabet ist und ich unter Z kaum Leute eingetragen habe. Wer hat schon einen Nachnamen mit Z!"

War das eine Anspielung? Wusste Christel etwas von den merkwürdigen Vorgängen der vergangenen Tage? Hatte sie am Ende etwas mit Z zu tun?

„Ich könnte natürlich auch Q nehmen", sagte Christel gedankenverloren. „Unter Q habe ich noch weniger Eintragungen. Aber auch keine unter X und Y."

Elias dachte nach. Christel hatte einen Sohn. Der hieß Max, ging in die achte Klasse und hatte auch schon unter der Schöller gelitten. Vielleicht ... war es Max gewesen, der ihr die Tinte in die Tasse und den Kleister in die Tasche gekippt hatte?

„Christel? Kennst du … Zorro?“, fragte er vorsichtig.

„Den Kerl mit der Maske?“

„Den Kerl, der die Armen rächt.“

„Und der ein Doppelleben führt! Ich kenn den Film“, sagte Christel. „Eigentlich ist er ein reicher junger Mann, der ganz brav aussieht. Aber dann setzt er eine Maske auf und zieht los und bestraft die Bösen!“

Elias nickte. „Bei uns in der Schule spielt auch einer Zorro.“

Er schaute sie von der Seite an. Reagierte sie komisch?

„Wie nett!“ Christel nickte geistesabwesend. „Was meinst du, vielleicht sollte ich es so machen: Vorname X, Nachname Y, Wohnort Z?“

„XYZ“, wiederholte Elias. „Klingt gut.“

Es war wohl eher Zufall gewesen und keine Anspielung, das mit dem Z. Er sah schon Gespenster.

Das Telefon schnarrte und Christel ging dran. „Ja, bitte? – Ach, Frau Doktor, ja, Elias ist schon bei mir – Moment.“ Sie reichte ihm den Hörer. „Deine Mama!“

„Hallo?“ Elias lauschte. „Bist du fertig?“

„Mein Spatz, ich muss noch eine Stunde dranhängen“, kam es aus dem Telefonhörer. „Es lohnt sich nicht zu warten. Fahr doch schon mal nach Hause, ja?“

Elias seufzte. „Ist gut, Mama“, sagte er dann und versuchte, nicht allzu enttäuscht zu klingen. „Und die Schuhe?“

„Morgen“, hörte er Mamas Stimme aus dem Telefon. „Oder vielleicht hat ja Papa Zeit.“

„Ist gut." Elias legte auf. „Ich kann gehen", sagte er zu Christel und trank den Kaffee mit einem Schluck aus.

„Na, normalerweise freuen sich die Leute, wenn sie das Krankenhaus verlassen dürfen", meinte Christel. „Was ziehst du denn für ein Gesicht?"

„Mama muss wieder Überstunden machen", murmelte Elias.

Nun seufzte Christel auch. „Man müsste dem Chefarzt mal die Meinung sagen, damit er mehr Leute einstellt, was? Aber das macht keiner."

„Warum eigentlich nicht?", fragte Elias düster.

„Weil es sowieso keinen Sinn hat", erwiderte Christel. „Man könnte höchstens Zorro vorbeischicken. So, und nun raus mit dir an die frische Luft."

Das Krankenhaus lag auf einer Anhöhe und Elias konnte sein Fahrrad rollen lassen. Er nahm den Umweg über den Park, er hatte ja Zeit. Mit Papa war erst am Abend zu rechnen.

Auf dem Spielplatz saßen einige Kleinkinder und buddelten im Sandkasten, während außen herum die Mütter auf den Bänken hockten und schwatzten, in der Hand jede einen Kaffeebecher. Den Kaffee gab's seit Neustem auch zum Mitnehmen an dem kleinen

Zeitungskiosk. Dort lehnten zwei alte Männer und tranken Bier. Elias bremste und kramte in seiner Hosentasche. Er hatte noch sechzig Cent. Dafür bekam man drei Gummischlangen.

Er warf einen Blick in den Kiosk hinein. Mist. Heute war die doofe Tante da, die selbst immer etwas besoffen war und die ihn immer komisch anredete, wenn er etwas haben wollte. Aber wenn er Gummischlangen wollte, musste er wohl oder übel die doofe Tante in Kauf nehmen. Sie war auch noch ins Gespräch vertieft und redete wild auf einen der beiden Männer ein.

Als Elias sich räusperte, damit sie ihn bemerkte, schaute sie genervt auf. „Was denn, Kleiner?"

„Äh … bitte drei Gummischlangen", bestellte Elias.

Die Frau kramte eines der Süßigkeitengläser und eine große Zange hervor. „Nimm's dir raus!"

Elias nahm die Zange und fischte drei Gummischlangen aus dem Glas.

„Macht achtzig Cent."

Er bekam einen Schreck. Er hatte doch nur sechzig! „Wieso achtzig?"

„Weil ich nichts verschenke."

„Aber – wie viel kostet denn eine Schlange?"

„Zwanzig Cent", nuschelte die Verkäuferin. „Kannst du nicht lesen? Steht doch da!"

„Aber …" Elias war zwar schlecht in Mathe, aber so schlecht auch nicht, dass er nicht drei mal zwanzig rechnen konnte.

„Haust du mal wieder kleine Kinder übers Ohr?“, meinte einer der Männer und nahm einen Schluck aus der Bierflasche. „Junge, lass dir nicht das Geld aus der Tasche ziehen.“

„Was mischst du dich denn jetzt ein!“, grummelte die Kioskfrau. „Ich hab mich halt verrechnet. Doch nicht achtzig Cent. Sechzig Cent.“

Elias nickte erleichtert und legte sein Geld auf die Theke. Doofe Tante. Hatte sie ihn wirklich betrügen wollen? Er schwang sich auf sein Rad, da sah er aus den Augenwinkeln, wie hinter dem Kiosk ein Schatten durchs Gebüsch huschte. Er ließ sein Fahrrad auf die Wiese fallen, machte ein paar Schritte zwischen die Büsche und spähte durch die Blätter.

Spielte ihm seine Fantasie einen Streich?

Oder war tatsächlich … Zorro wieder unterwegs?

Weiter hinten raschelte es im Laub. Hinterher!

Elias duckte sich zwischen zwei Tannen hindurch und nahm die Verfolgung auf. Ein paar Schritte weiter kam er hinter dem Sandkasten wieder heraus. Dort plärrte ein Kind nach seiner Schaufel und eine Mutter plärrte nach ihrem Kind. Aber sonst war alles friedlich. Ein Schatten war nicht mehr zu sehen. Hatte er sich alles nur eingebildet?

Da!

Bewegten sich hinter der Schaukel nicht die Blätter?

Elias rannte quer über den Spielplatz, sprang über eine Sandburg, wobei er wütende Blicke erntete, und

bog auf der anderen Seite die Zweige des Gebüschs auseinander.

Wieder niemand zu sehen.

Aber an einem Ast hing ein Faden und wehte sachte im Wind. Triumphierend zog Elias ihn ab. Also gab es den Schatten wirklich! Der Faden war dick und blau und mit silbernen kleinen Fädchen durchzogen. Als würde er zu einem Schal oder einem Tuch gehören. Vielleicht eine abgerissene Franse.

„Das nächste Mal krieg ich dich", murmelte Elias und steckte den Faden ein.

Der dicke Neffe

„Blutsauger mit sechs Buchstaben“, las Kurt am andern Tag vor und beugte sich über das Kreuzworträtsel.

„Vampir“, sagte Elias prompt und schaute von seinen Englisch-Vokabeln auf.

„Nee, nee, mit E am Ende“, brummte Kurt.

Sie saßen am Küchentisch. Im Käfig zwitscherte Schnibbel vor sich hin. Draußen nieselte es.

„Mücke“, schlug Elias vor. „Hat aber nur fünf Buchstaben.“

„Doch, ja, das ist es“, freute sich Kurt. „Wenn man es mit UE schreibt. M-U-E-C-K-E.“

Elias war zu seinem Leih-Opa gegangen, um ein wenig Gesellschaft zu haben, während er seine Hausaufgaben machte. Obwohl heute Freitag war und nicht Dienstag. Er hatte ihm die ganze Geschichte mit den gefälschten Hausmeisterbriefen erzählt und Kurt hatte sehr gelacht.

„Also, was meinst du?“, fragte Elias und blätterte in seinem Vokabelheft. „Wer spielt bei uns Zorro?“

„Vielleicht einer aus der Oberstufe“, überlegte Kurt

laut. „Die Schule ist auf alle Fälle ein guter Anhaltspunkt, finde ich."

Elias nickte.

Es musste jemand sein, der die Schöller und ihre fiese Art kannte. Auf der anderen Seite musste er auch den Kinski und sein ewiges Geschimpfe kennen. Und er musste zumindest manchmal am Spielplatz sein. Einer aus der Oberstufe, der im Häuserblock vom Kinski ein und aus ging und im Park abhing ... Der schlacksige Typ mit dem Handy? Oder doch Christels Max, auch wenn der woanders wohnte?

„Meisterdetektiv mit vierzehn Buchstaben", murmelte Kurt vor sich hin.

„Sherlock Holmes", sagte Elias und dachte an den gemütlichen Filmabend mit Mama und Papa. „Der bekommt jedes Rätsel raus."

„Tja, den bräuchtest du jetzt." Kurt grinste sein zahnloses Grinsen. „Dann kämst du Z auf die Spur."

„Oder ich leg mich auf die Lauer", meinte Elias. „Ich hab schon zweimal seinen Schatten gesehen."

„Fragt sich bloß, wo Z als Nächstes zuschlägt!", erwiderte Kurt.

Elias nickte. „Bei der besoffenen Verkäuferin im Kiosk am Spielplatz sollte er mal vorbeischauen. Die wollte mich betrügen! Und beim Chefarzt im Krankenhaus. Der lässt meine Mutter immer viel zu lang arbeiten."

„K-I-O-S-K", buchstabierte Kurt. „Danke für den

Hinweis, das passt genau. Verkaufsstand mit fünf Buchstaben."

Elias klappte sein Vokabelheft zu. „Fertig. Jetzt können wir Gassi gehen."

In diesem Augenblick flog mit einem Knall die Haustür auf. „Ha!", rief jemand laut.

Kurt zuckte zusammen.

Der Jemand sprang ins Zimmer. „Bist du da, Onkel?"

Elias duckte sich instinktiv unter den Tisch. War das ein Überfall? Am Ende Zorro persönlich?

„Auweia", ächzte Kurt und fuhr sich mit der Hand an die Brust. „Musst du mich in letzter Zeit immer so erschrecken, Hans-Peter! Du weißt genau, dass ich's mit dem Herzen hab!"

Vor ihnen stand ein untersetzter kleiner Mann im braunen Sakko. Unter dem Arm trug er eine Aktentasche.

„Oh, tut mir leid, Onkel", sagte der Fremde, obwohl er nicht so aussah. Elias unter dem Tisch schien er nicht bemerkt zu haben. „Mistwetter da draußen!" Der Fremde trat näher und ließ seine Aktentasche mit Schwung auf den Tisch fallen. Peng!

Kurt zuckte schon wieder zusammen. „Meine Güte!"

Der Fremde verzog keine Miene. „Schau mal, was ich für dich habe, Onkel! Lauter Prospekte." Er klappte seine Aktentasche auf und holte einen Packen bunter Kataloge hervor.

Kurt knurrte.

Benko neben Elias knurrte auch.

Der Fremde warf einen Blick unter den Tisch und starrte die beiden überrascht an. „Wen haben wir denn da?“

Elias räusperte sich, aber er wusste nicht, was er sagen sollte, und krabbelte peinlich berührt heraus.

„Das ist mein Hund“, sagte Kurt.

„Das ist kein Hund, das ist ein Kind!“, fuhr der Fremde Kurt an. „Wieso belauscht der uns denn?“

„Ach so, den meinst du“, sagte Kurt. „Das ist Elias. Aber er belauscht uns nicht. Er ist zu Besuch.“

„Ah, ein Besuch unterm Tisch, wie nett." Der Fremde machte ein gequältes Gesicht. Es sollte wohl ein Lächeln sein. „Das wusste ich nicht."

Er schob Kurt den Packen Kataloge hin. „Schau sie dir an. Einige Formulare habe ich schon mal ausgefüllt. Du musst dann nur noch unterschreiben und zack, bist du angemeldet! Mit der Krankenkasse habe ich auch schon geredet."

Kurt holte tief Luft. „Ist gut."

„Fein. Ich will nicht länger stören, dich und deinen Besuch – aber wir sehen uns bald wieder."

Der Fremde packte seine Aktentasche, nickte Elias noch einmal spöttisch zu, und dann verließ er die Küche so plötzlich, wie er gekommen war.

„Klopf doch das nächste Mal an!", rief Kurt ihm hinterher und schüttelte den Kopf.

Elias starrte ihm nach. „Wer war denn das?"

„Das, mein Lieber, war mein Neffe Hans-Peter", sagte Kurt. „Siehst du, wie er an mich denkt? Nett, nicht?"

„Weiß nicht", murmelte Elias.

Kurt zeigte auf die Prospekte. „Es ist so eine fixe Idee von ihm, mich mit dem Besten vom Besten zu versorgen. Hier schau, das ist ein Altenheim, das heißt *Zur schönen Aussicht.* Obwohl das wirklich keine schöne Aussicht ist, ins Heim zu sollen. Aber du weißt ja, mein Neffe hat große Pläne für dieses Grundstück hier."

Elias schluckte. „Du willst doch gar nicht ins Altenheim, oder?"

Kurt zupfte sich am Bart. „Nein, vorerst noch nicht."

„Ich fand ihn eigentlich gar nicht so nett, deinen Neffen", meinte Elias. „Wie der reingepoltert ist! Ich hab mich total erschreckt."

„Ich mich auch", brummte Kurt. „In letzter Zeit überfällt er mich immer so. Diese jungen Unternehmer von heute sind eben wild. Oder aber …"

Kurt brach ab, stand auf und nahm die Hundeleine vom Haken. „Weißt du, was, mein Kleiner? Ich fühl mich heut nicht so gut. Ob du wohl auch eine Runde allein mit Benko drehen kannst?"

„Klar", sagte Elias überrascht.

War Kurt krank? Musste er am Ende tatsächlich bald ins Altenheim? Er hatte vorhin schließlich von seinem Herzen gesprochen!

Benko kam hechelnd auf ihn zu und Elias streichelte ihn zwischen den Ohren. „Dann gehen eben nur wir zwei, was?"

„Die kleine Runde reicht", sagte Kurt und ließ sich wieder auf seinen Stuhl fallen. „Es nieselt ja."

Aber als sie draußen waren, hatte der Regen aufgehört, und die Luft roch frisch nach feuchter Erde. Benko schnüffelte an jeder Straßenlaterne, und Elias lenkte ihn hinüber zu dem Häuserblock, in dem Luna wohnte. Vielleicht war sie ja zu Hause? Sollte er einfach klingeln und fragen, ob sie Lust hatte, mit ihm und Benko Gassi zu gehen?

Nein, das traute er sich nicht.

Elias suchte die Fenster ab. Welches wohl zu Lunas Zimmer gehörte? Vorsichtshalber winkte er kurz. Nicht direkt zu jemand Bestimmten. Nur so allgemein. Sie würde ja sowieso nicht am Fenster sitzen und warten, bis jemand vorbeikam und zu ihr hochwinkte.

Benko zog an der Leine. Er wollte weiter.

„Gleich", flüsterte Elias und winkte noch einmal. Vorsichtshalber. Es war ja Wochenende, und er würde bis Montag warten müssen, bis er Luna wiedersah.

Doch die Fenster blieben stumm. Wie er erwartet hatte. Dafür sah er den Jugendlichen von neulich wieder, den im schwarzen Kapuzenpulli. Diesmal schien er es eilig zu haben. Und wieder telefonierte er. Elias spitzte die Ohren.

„... noch mal langsam ..."

Der Junge kam mit großen Schritten auf ihn zu, aber er achtete nicht auf ihn.

„G wie Gustav", sagte er ins Handy. „E wie Emil." Er warf Elias einen raschen Blick zu, wie er da mit der Hundeleine in der Hand unschlüssig herumstand. „Z wie Zorro."

Was?!

Hatte er richtig gehört?

Elias starrte dem Typen hinterher, der jetzt eilig den Gehweg entlangging.

„Mensch! Komm, Benko, den verfolgen wir!" Elias drehte sich zu dem Hund um, der ihn erwartungsvoll anhechelte.

Zugegeben, der Typ trug kein blau-silbernes Halstuch. Aber er war dünn, so wie Luna den Schatten beschrieben hatte, den sie gesehen hatte. Und so war der Schatten, den er selbst beobachtet hatte, ja auch gewesen.

In diesem Augenblick wurde hinter ihm stürmisch die Haustür aufgerissen. „Da bin ich!"

Luna!

„Super Idee, mit ihm Gassi zu gehen", sagte sie und deutete auf Benko.

„Äh – wie – woher – was …?", stammelte Elias.

Luna gab ihm einen kleinen Klaps auf den Hinterkopf und kicherte. „Das hilft, wenn die Worte nicht rauskommen. Probier's noch mal!"

„Äh – hast du … ich meine – hast du mich gesehen?"

„Wie du mir gewunken hast?" Luna grinste. „Sonst wäre ich ja wohl kaum hier, oder? Also, los! Wohin gehen wir?"

Elias stand immer noch sprachlos da.

Sie musterte ihn. „Du hast doch *mir* gewunken, oder?"

Er nickte und spürte, wie er rot anlief. „Klar."

„Na dann, nichts wie los!"

Elias wandte sich wieder zu dem Jungen um. Aber der war verschwunden.

„Kennst du diesen Typen mit dem schwarzen Kapuzenpulli, der hier immer rumhängt und telefoniert?", fragte er Luna.

„Nur vom Sehen", erwiderte sie. „Wieso fragst du?"

„Der hat gerade was von Zorro gesagt."

Luna sah ihn erneut prüfend an. „Bist du immer noch auf Zorro-Jagd?"

Er nickte. „Logisch."

Nachdenklich schaute sie sich um. „Na ja, könnte schon sein, dass der es war. Der Kinski schimpft ihn auf alle Fälle immer aus, weil er hier so nutzlos rumsteht. Der Typ hätte ein Motiv, ihm solche Briefe zu schreiben. Was ist nun, wollen wir zum Park?"

Elias nickte, und falls Benko sich wundern sollte, dass aus der kleinen Runde doch eine große Runde wurde, ließ er es sich nicht anmerken. Es fing wieder an zu nieseln, aber das machte Elias überhaupt nichts aus. Während sie die Straße überquerten, erzählte er Luna von dem merkwürdigen Besuch von Kurts Neffen. Und auch von dem Verdacht, der in ihm aufgestiegen war: „Ich glaube, er poltert mit Absicht so rein. Weil er weiß, dass Kurt es mit dem Herzen hat. Und ich glaube, er will, dass Kurt einen Megaschreck bekommt und tot umfällt!"

Luna kniff die Augen zusammen. „Das ist ja voll krass!"

Elias nickte. „Ich habe darüber nachgedacht, es ist bestimmt so: Er will Kurt aus dem Weg schaffen, damit er das Grundstück erbt und darauf tolle teure Häuser bauen kann."

Luna blieb stehen. „Wenn das stimmt, müsste man dringend was tun."

Elias sah sie von der Seite an. „Was denn, bitte schön?! Wir können ja wohl schlecht die Polizei einschalten, oder? Und wir selbst können da gar nichts tun."

„Bist du sicher?" Luna kicherte. „Man müsste eben diesem fiesen Neffen selbst mal auflauern und ihm einen Schreck einjagen. Damit er weiß, wie das ist." Sie hielt inne. „Na ja, oder so ähnlich."

Elias lachte. „Was du dir immer ausdenkst!"

Wut im Bauch

Im Park kam ihnen Esther aus ihrer Klasse mit ihrer kleinen Schwester entgegen. Beide schimpften vor sich hin und Elias konnte die Worte „das hat sie mit Absicht gemacht“ und „voll die Gemeinheit“ verstehen.

Er wollte schon weitergehen, aber Luna hielt ihn zurück und rief: „Hallo, Esther!“

Esther schaute überrascht auf. „Oh, hallo!“

Sie ließ den Blick von Luna zu Elias und Benko schweifen. „Hey, Elias! Ich wusste gar nicht, dass du einen Hund hast.“

Elias grinste. „Es ist ja auch nur ein Leih-Hund. Von meinem Leih-Opa.“

„Darf man den streicheln?“, fragte Esthers kleine Schwester und ging in die Hocke.

„Logisch. Benko tut nichts. Dazu ist er viel zu alt.“

Esther bückte sich ebenfalls, und Benko schien ganz überrascht zu sein, mit einem Mal so viel Aufmerksamkeit zu bekommen.

„Warum habt ihr denn gerade so geschimpft?“, wollte Luna wissen.

„Ach, ist egal.“ Esther winkte ab.

Doch ihre Schwester rief dazwischen: „Geht bloß nicht zu der Kiosktante! Die hat uns gerade um einen Euro betrogen.“

„So was hat sie bei mir auch schon versucht“, murmelte Elias.

Luna warf ihm einen Blick zu. „Aber bei dir ging es nur um zwanzig Cent! Ein Euro, sagt ihr? Das ist viel Geld! Ihr müsst unbedingt hingehen und es zurückverlangen!“

Moment mal.

Irgendwas war merkwürdig.

Elias kratzte sich am Kopf, aber er kam nicht drauf.

„Bringt doch nichts“, meinte Esther und zog eine Grimasse.

„Wir haben ja keine Beweise“, sagte die kleine Schwester. „Wir sind ja bloß Kinder. Und die mag keine Kinder.“

„So ein Blödsinn“, fuhr Luna sie an. „So darf man nicht denken! Los, wir gehen hin und beschweren uns.“

„Lieber nicht“, sagte Esther noch einmal und sah Luna ganz komisch an.

„Leute!“ Luna hatte die Arme in die Hüften gestemmt. „Wieso wehrt ihr euch denn nicht? Ihr seid im Recht! Elias, sag doch auch mal was!“

„Ich?“ Elias überlegte immer noch, warum er so ein seltsames Gefühl hatte. „Was soll ich denn sagen?“

„Lass gut sein", wiederholte Esther.

„Da lassen wir nichts gut sein, weil da nichts gut ist", widersprach Luna. „Ich geh jetzt da hin! Und ihr könnt euch überlegen, ob ihr mitkommt oder nicht!" Wütend stapfte sie in Richtung Kiosk davon.

Elias fing an zu schwitzen.

„Warte, ich – äh … ich komm mit!"

Er konnte sie ja schlecht allein da hingehen lassen. Esther stöhnte genervt auf, aber schließlich kam sie mit ihrer Schwester doch hinterher.

„Hallo", sagte Luna, als sie vor dem Kiosk standen. „Wir haben eine Beschwerde."

„Was habt ihr?" Die Kiosktante schaute sie aus wässrigen Augen an.

„Eine Be-schwer-de!", sagte Luna laut und deutlich. „Sie haben diese beiden Kinder betrogen."

„*Was* hab ich?" Die Frau beugte sich empört vor.

Doch Luna ließ sich nicht einschüchtern. „Um einen Euro haben Sie sie betrogen! Hören Sie?"

Elias lief es heiß und kalt den Rücken herunter. Vielleicht wäre es besser gewesen, die Kiosktante nicht gleich zu beschuldigen. Vielleicht hätte Luna lieber von einem Versehen sprechen sollen …

„Was fällt dir ein", keifte die Kioskfrau los, „das ist eine bodenlose Unterstellung! Ich betrüge nicht!"

Luna blitzte sie wütend an. „Aber wenn es doch wahr ist!"

„Gar nichts ist es", keifte die Frau weiter. „Habt ihr

irgendeinen Beweis? Das ist doch nur ein dreister Versuch, mir Geld aus der Tasche zu ziehen! Ich warne euch! Ihr verschwindet jetzt lieber ganz schnell – sonst … sonst … ruf ich meinen Mann an!“

Elias duckte sich und Benko knurrte, aber Luna machte keine Anstalten zu gehen.

„Und Hausverbot bekommt ihr auch bei meinem Kiosk! Also – überlegt euch, ob ihr bei euren frechen Vorwürfen bleibt!“

„Gehen wir“, murmelte Esther leise und nahm ihre

kleine Schwester an die Hand. „Los, ich möchte kein Hausverbot bekommen."

Elias zog Luna am Ärmel. „Komm."

„Pah!" Sie schüttelte seine Hand ab, drehte sich auf dem Absatz um und stampfte mit dem Fuß auf.

Aber sie kam mit.

Hinter ihnen keifte die Kioskfrau weiter: „Was die Kinder sich heutzutage einbilden! Keinen Respekt mehr!"

„Wir haben es doch gleich gesagt", meinte Esther schließlich, als sie außer Hörweite waren.

„Na warte", hörte Elias Luna vor sich hin schimpfen. „Die wird etwas erleben!"

„Da kannst du eh nichts machen", sagte er, um sie zu beruhigen.

„Ich vielleicht nicht", knurrte Luna.

„Wer denn dann?", fragte Esther und grinste ein bisschen. „Willst du Zorro vorbeischicken? Damit der sich einen Streich ausdenkt wie bei der Schöller?"

Luna biss die Zähne zusammen. Aber sie sagte nichts.

Und da durchlief es Elias noch einmal heiß und kalt. Jetzt wusste er, was ihm vorhin so merkwürdig vorgekommen war!

„Wieso denkst du eigentlich", begann er langsam, „dass die Kioskfrau mir letztens zwanzig Cent zu viel abknöpfen wollte?"

Luna stutzte. „Hast du mir doch erzählt! Gestern."

Elias war sich eigentlich sicher, dass er niemandem davon erzählt hatte. „Was guckst du so komisch?"

„Nur so." Elias betrachtete Lunas Halstuch. Es war rot. Nicht blau mit silbrigen Streifen. Aber sie könnte ja verschiedene Tücher haben, oder?

Wenn sie von den zwanzig Cent wusste und er ihr tatsächlich nichts erzählt hatte, dann musste sie es gewesen sein, die durch das Gebüsch vor ihm davongelaufen war. Und wenn sie wirklich davongelaufen war, dann doch wohl, weil sie geheim bleiben wollte. Oder?

Warum wollte sie geheim bleiben?

Weil sie öfters herumschlich und Leute beobachtete?

Weil sie … großen Jungs im Park die Schuhe stibitzte und auf Bäume warf?

Auf jeden Fall war sie mutig, das hatte er ja gerade mit eigenen Augen gesehen. Und sie konnte keine Ungerechtigkeit ertragen. Mensch! Warum war ihm das nicht schon vorher aufgefallen!

Das hieß doch …

Könnte es sein …?

„Warum starrst du mich denn so an?", fragte Luna und wandte sich abrupt ab.

Wenn er einen blau-silbrigen Schal bei ihr fand, dann hatte er den Beweis! Dann konnte sie es nicht leugnen! Vielleicht lag er ja in ihrem Zimmer. Oder in einem ihrer Kleiderkartons. Elias überlegte.

„Sag mal, Luna, ich hab schon wieder die Mathe-Hausaufgaben nicht kapiert", begann er.

Sie warf ihm einen spöttischen Blick zu. „Wenn du willst, kann ich dir nachher noch mal Nachhilfe geben."

„Du bekommst Nachhilfe?", fragte Esther erstaunt.

„Äh – nicht wirklich", murmelte Elias.

„Das hab ich gehört", rief Luna und funkelte nun ihn an, wie sie vorhin die Kioskfrau angefunkelt hatte. „Und ich *bin* übrigens wirklich! Wirklich und echt."

„So habe ich das doch nicht gemeint." Elias seufzte. „Ich meinte nur …"

„Du meintest nur, dass ich nicht wirklich zähle, weil Kinder ja sowieso nicht zählen! Stimmt's? Du bist auch nicht besser als Esther mit ihrem ewigen Das-bringt-doch-nichts! Ich habe es mir anders überlegt, die Nachhilfestunde fällt heute aus. Basta!"

Wütend rauschte sie davon.

Elias starrte ihr fassungslos nach. Dann drehte er sich zu Esther um und sah, dass sie rot angelaufen war.

„Das … äh – meint sie nicht so", sagte er leise.

„Komm!" Esther nahm ihre kleine Schwester an die Hand und marschierte ebenfalls davon. „Tschüss", rief sie über die Schulter.

Benko winselte und zog an der Leine.

„Und du willst wohl auch nach Hause, was?", sagte Elias bitter. „Dann bleib nur noch ich allein übrig."

Turban

„Jetzt will ich mal", sagte Murat und schaute ungeduldig zu, wie Elias mit dem Butterstampfer Butter stampfte.

Sie waren mit der ganzen Klasse zu einem Bauernhofmuseum gefahren. Und jetzt waren sie in mehrere Gruppen aufgeteilt worden und sollten Brot backen, Kräuter pflücken und aus Sahne Butter machen.

Das fördere die Gemeinschaft, hatte der Pfannkuch gesagt. Der Pfannkuch war ihr Klassenlehrer und hieß wirklich so. Mit Vornamen hieß er Markus. Das fördere die Gemeinschaft und das Wissen über die einfachen Dinge des Lebens, hatte er gesagt. Denn wer backe denn schon zu Hause sein Brot noch selber.

Esther hatte sich zwar gemeldet und angemerkt, ihre Mutter würde das einmal die Woche machen, aber der Pfannkuch hatte nur gemeint, Ausnahmen bestätigten eben die Regel.

Und Elias musste ihm recht geben, seine Mutter backte auf jeden Fall nie Brot, sie backte ja nicht mal Butterkuchen. Er hatte außerdem keine Ahnung gehabt, dass Butter aus Sahne entsteht, wenn man sie nur lange genug stampft oder schlägt. Und auch nicht, dass es recht anstrengend war. Er reichte Murat den Stampfer und schüttelte seine Hände aus.

„Komm her, du Sahne, jetzt mach ich Butter aus dir!“, rief Murat und machte sich mit Feuereifer an die Arbeit.

Greg lachte, und weil Greg lachte, lachte Sven auch. Sie saßen zu viert auf einer Bank vor dem Erlebnisbauernhof und waren für die Butter zuständig. Elias wischte verstohlen seine Turnschuhe im Gras ab, denn er war vorhin mitten in den Matsch am Stall getreten. Fast wäre er sogar hineingefallen.

„Kein Profil, was?“, hatte Luna gegrinst, hatte ihm die Hand gereicht und ihn aus dem Dreck gezogen.

Sie selbst hatte hochgeschnürte Schuhe an, richtige Wanderschuhe, damit konnte sie durch jeden Matsch. Gerade kam sie mit Lilli, Esther und der Anleiterin aus dem Kräutergarten, der neben dem Schuppen angelegt war. Sie trugen verschiedenes Grünzeug in einem Korb.

Beinahe wäre das Klassenprojekt gestrichen worden, hatte der Pfannkuch gesagt. Weil es sich natürlich in der ganzen Schule herumgesprochen hatte, was der Schöller passiert war. Ob sie ihre blaue Zunge auch den Lehrern rausgestreckt hatte, wollte der Pfannkuch aber nicht verraten, und überhaupt war er sehr ungehalten gewesen. Denn während die Schüler fast andächtig von der „blauen Tat“ sprachen, hatten die Lehrer beschlossen, allesamt keinen Spaß zu verstehen. Und weil derjenige, der den geheimnisvollen Zorro gespielt hatte, sich nie gemeldet hatte, hätte eben beinahe die ganze Klasse büßen müssen. Noch zusätzlich zu der extraschweren Mathearbeit, die die Schöller ihnen aufgebrummt hatte. Dann durfte das Klassenprojekt aber doch stattfinden, weil es ja auch sinnvoll und lehrreich sei, hatte der Pfannkuch gesagt, und auch gut für den Zusammenhalt und nicht nur Spaß.

Das ganze Wochenende hatte Elias nach Luna Ausschau gehalten. Aber sie hatte sich nicht blicken lassen. Als sie heute früh in den Zug gestiegen waren, schien der Streit von Freitag vergessen zu sein. Elias hatte heimlich Lunas Kleidung überprüft. Sie hatte eine Jeansjacke an – kein blau-silbernes Halstuch weit und breit. Aber die Sonne schien ja auch warm. Wenn sich sein Verdacht bestätigen sollte, hoffte er inständig, dass Luna sich nie verraten würde, sonst würde es noch einmal extra Ärger geben.

Über die Kioskfrau hatten sie nicht mehr geredet. Auch nicht darüber, dass Elias sich wirklich nicht daran erinnern konnte, mit irgendjemandem über den Zwanzig-Cent-Betrug gesprochen zu haben, schon gar nicht mit Luna.

Als sie merkte, dass er sie anschaute, hob sie ein Bund Schnittlauch hoch und winkte ihm damit zu.

„Was grinst du denn so dämlich?“, fragte Murat.

„Ist nicht wegen dir“, versicherte ihm Elias.

„Das will ich dir auch geraten haben“, sagte Murat. „Schau mal, meinst du, dass das schon echte Butter ist?“

Sie spähten ins Butterfass. Einzelne Flocken trieben in der Sahne.

„Noch nicht so ganz“, schätzte Elias. „Soll ich wieder?“

„Nö, lass mal, das mach ich“, entgegnete Murat.

„Hier kommen die Kräuter“, riefen Lilli und Luna in diesem Moment und brachten ein Brett voll gehacktem Grünzeug. „Die sollen in die Butter.“

„Ah, das ist ja super, dann wird es Kräuterbutter“, sagte Sven, und alle lachten, weil er endlich geschnallt hatte, was sie hier überhaupt machten.

„Wie weit seid ihr?“ Lilli kam näher und warf einen neugierigen Blick ins Fass.

„So mittelweit“, meinte Murat, straffte wichtig die Schultern und schob sie zur Seite. „Genug geschaut, ich muss jetzt weiterstampfen!“

Elias rutschte ein wenig, damit Luna sich neben ihn auf die Bank setzen konnte.

„Riech mal“, sagte sie und hielt ihm ihre Hände unter die Nase.

Er schnupperte. „Das riecht wie Wackelpudding. Warte mal – ist das Waldmeister?“

Sie nickte. „Kommt auch in die Kräutermischung.“

„Ich glaube, das wächst auch bei Kurt im Garten“, sagte Elias.

„War der fiese Neffe noch mal da?“, wollte Luna wissen und schob die Kräuter auf dem Tisch vor ihnen gedankenverloren hin und her.

„Ich hoffe nicht“, antwortete Elias.

Luna wischte sich über die Stirn. „Puh, ist das heiß. Ich glaub, ich brauche einen Sonnenschutz!“

Sie stand auf und kramte in ihrem Rucksack. Dann zog sie ein dünnes Tuch heraus und band sich daraus einen Turban.

Elias hielt die Luft an.

Das Tuch …

… hatte blau-silbrige Fransen!

Jetzt hatte er sie überführt!

„Ich –“

Er schluckte. Die anderen Jungs waren weit genug weg.

„Ich weiß jetzt übrigens –“

Luna setzte sich wieder neben ihn und zog sich ihren Turban zurecht. „Schon besser.“

„Ich weiß jetzt, wer Z ist“, flüsterte Elias leise.

Doch Luna reagierte nicht, sondern schob mit dem Zeigefinger wieder Kräuter hin und her.

„Ich weiß jetzt, wer Z ist“, wiederholte er noch einmal eine Spur lauter.

Schweigen.

Wollte sie ihn nicht hören?

Wortlos zog er den blauen Fransen aus der Hosentasche, den er im Gebüsch hinter dem Kiosk gefunden hatte, und legte ihn vor sich auf den Holztisch. Sein Beweisstück.

Immer noch keine Reaktion.

„Ha, ich hab's geschafft!", rief in diesem Augenblick Murat triumphierend. „Reinste Butter! Vom Profi! Da staunt ihr, Mädels, was?"

„Angeber!" Lilli gab Murat einen Klaps, was dem direkt zu gefallen schien.

Luna sprang auf und beugte sich über das Butterfass. „Cool!"

Elias verfolgte sie mit seinem Blick. War das ein Geständnis gewesen, dass sie nicht geantwortet hatte? Oder hatte er immer noch zu leise gesprochen? Oder irrte er sich am Ende doch?

„Kräuter rein“, kommandierte Luna und sie vermischten in einer Schüssel die Butterklumpen mit dem Grünzeug.

Und die Frage nach Z musste warten.

Der Pfannkuch kam mit der Anleiterin vorbei und war sehr stolz auf seine Klasse. „Da sieht man doch, dass so ein Praxistag was bringt.“

„So macht das Lehrersein Spaß, was?“, fragte die Anleiterin und lachte über sein verdutztes Gesicht.

„Na ja“, musste er schließlich zugeben, „es gibt Schlimmeres, als hier in der Sonne auf frisches Brot mit Kräuterbutter zu warten. Und dabei kann man noch den Hühnern zuschauen!“ Er deutete auf ein paar Hennen, die sich von der Schulklasse nicht stören ließen und auf dem Hof und in der Wiese vor sich hin pickten. Der Pfannkuch seufzte. „Sie haben es hier sehr romantisch.“

„Sie können sich gern mal ein paar Hühner ausleihen“, meinte die Anleiterin. „Wir haben einen transportierbaren Hühnerstall und stehen den Schulen mit Rat und Tat zur Seite, wenn sie mal ausprobieren wollen, Hühner zu halten. Und wir suchen vor allem in der Stadt immer Leute, die mitmachen wollen. Eigentlich suchen wir sogar einen Stützpunkt in der Stadt.“

„Ach, wirklich?“ Der Pfannkuch schien tatsächlich über den Vorschlag nachzudenken. Allerdings sah er so aus, als würde er am liebsten die Anleiterin ausleihen, denn sie schien ihm noch besser zu gefallen als die Hennen. „Wie ist es denn, Hühner zu halten?“

„Ganz leicht“, lachte die Anleiterin. „Und natürlich sehr romantisch.“

Der Pfannkuch räusperte sich und wurde unbegreiflicherweise rot.

„Elias hat Hühner“, rief Luna und stieß Elias an.

Der Pfannkuch machte ein überraschtes Gesicht. „Im Ernst?“

„Nicht ich, sondern mein Leih-Opa“, korrigierte Elias.

„Schau, schau“, murmelte der Pfannkuch und warf der Anleiterin einen Blick zu. „Vielleicht sollten wir das mit dem Schulhuhn-Projekt wirklich mal angehen.“

„Au ja“, sagte Luna und Elias nickte heftig.

Hühner waren besser als Mathe.

Auf der Rückfahrt wollte er sich im Zug neben Luna setzen und noch einmal wegen dem blau-silbrigen Tuch und den zwanzig Cent nachbohren.

Doch Luna gackerte die ganze Zeit mit Lilli herum und ignorierte ihn.

Schwarzer Tag

Luna war Zorro.

Elias war sich jetzt ganz sicher.

Luna, die ein illegales Kaninchen hielt und sich über den Hausmeister ärgerte. Luna, die so unzufrieden mit der Schule war – und ganz besonders mit der Schöller. Luna, die am Spielplatz herumschlich und genügend Zeit hatte, nicht nur die Kioskfrau zu belauschen, sondern auch fremden Jungs die Schuhe zu klauen und auf den Baum zu werfen. Es *konnte* nur Luna sein. Heute Vormittag in der Schule hatte sich wieder kein günstiger Moment ergeben, um sie zur Rede zu stellen. Dann eben jetzt!

Elias stieg auf sein Fahrrad. Er würde bei ihr klingeln und dann wären sie nur zu zweit und sie würde alles zugeben müssen. Vielleicht könnten sie ja zusammen ein Zorro-Team bilden. Er hatte jedenfalls all ihre Aktionen bisher sehr cool gefunden. Elias trat in die Pedale und fuhr erst einmal eine Runde um den Block.

Vor Kurts Haus stand ein schwarzes Auto. Elias zögerte. Es war ja schließlich Dienstag, er wollte nachher noch bei Kurt vorbeischauen. Elias sah Benko mit eingezogenem Schwanz im Garten herumschleichen. Eines der Hühner lief am Gartenzaun vorbei. Dann hörte er Stimmen aus dem Haus. Der fiese Neffe war wieder da! Hoffentlich war der später weg.

Elias seufzte und radelte weiter. Jetzt oder nie!

Er klingelte bei Pennello.

Aus der Sprechanlage ertönte die Stimme von Lunas Mama. „Ja?"

„Hier ist Elias, ich wollte fragen, ob Luna da ist … und mir Nachhilfe geben kann."

„Nein, leider, Luna ist nicht da", schnarrte es zurück. „Sie wollte raus und irgendwas erledigen."

Elias seufzte noch mal.

„Komm doch später wieder", schlug die Luna-Mama vor.

„Mach ich", murmelte Elias und schaute auf seine Armbanduhr. Halb vier.

Missmutig fuhr er heim.

Papa wartete schon auf ihn.

„Wo treibst du dich denn rum?", fragte er. „Ich bin doch heute extra früher nach Hause gekommen, damit wir endlich Schuhe kaufen können."

Auweia. Das hatte Elias ganz vergessen!

Gestern war er mit schmerzenden Füßen und Blasen an den Zehen vom Schulausflug zum Bauernhof zurückgekommen, und Papa hatte gesagt, so gehe das nicht weiter und sie müssten jetzt wirklich was tun.

Elias zog sich noch rasch neue Socken an, weil er entdeckt hatte, dass in seinem linken ein großes Loch war und alle beide außerdem nicht mehr besonders frisch rochen. So was ist ja peinlich im Schuhladen.

„Nachher können wir gleich noch Brezen fürs Abendessen kaufen", sagte Papa, als sie die Straße zum Einkaufszentrum runtergingen.

„Wir könnten doch auch mal Butterkuchen backen", meinte Elias und dachte an Luna. „Statt Brezen zu kaufen."

„Puh", machte Papa.

„Oder wir könnten selbst Brot backen. Das haben wir gestern auf dem Bauernhof gelernt."

„Das könnte man prinzipiell alles mal machen", sagte Papa ausweichend. „Besonders, wenn man auf einem Bauernhof wohnt und viel Zeit hat."

„Wann hast du denn mal viel Zeit?", fragte Elias.

„In den Sommerferien", antwortete Papa. „Da hab ich dieses Jahr zwei Wochen am Stück freibekommen."

„Wolltest du nicht *drei* Wochen freinehmen?", fragte Elias. Er selbst hatte schließlich sechs Wochen Ferien.

„Wollte ich", meinte Papa und lächelte gequält. „Aber der Chef lässt mich nicht. Personalmangel."

„Warum stellt dein Chef denn dann nicht mehr Leute ein?", bohrte Elias weiter.

Er wollte sich ab sofort nicht mehr so leicht mit billigen Antworten abspeisen lassen. Zorro würde schließlich auch nachbohren. Und da Elias ins Zorro-Team aufgenommen werden wollte, konnte er auch gleich mit dem Nachbohren beginnen.

Papa stöhnte nur. „Weil er kein Geld dafür hat, wahrscheinlich. Was weiß ich. In Mamas Krankenhaus geht es noch schlimmer zu. Da müssen auch alle Überstunden machen."

„Und da kann man nichts gegen tun?", fragte Elias.

„Nein", gab Papa mürrisch zur Antwort. „Das bringt alles nichts."

Damit war das Gespräch erst mal beendet, denn sie waren beim Schuhgeschäft angekommen. Elias wusste schon genau, welche Sorte Schuhe er haben wollte, und durchforstete die Regale.

„Hey, Elias", hörte er in diesem Augenblick eine Stimme und drehte sich um. Vor ihm stand Sven aus seiner Klasse. „Brauchst du auch neue Schuhe?"

„Nee", sagte Elias, „Hundefutter."

„Hundefutter?" Sven schaute ihn verwirrt an. „Gibt's das hier?"

Elias grinste. „Natürlich brauch ich neue Schuhe. Was will man denn sonst in einem Schuhladen!"

„Ach so", meinte Sven. „Das mit dem Hundefutter war ein Witz."

„Genau." Elias wies mit dem Kopf auf das Schuhregal neben ihnen. „Hast du schon gute gesehen?"

„Nö", meinte Sven, „und meine Mutter will jetzt lieber im Internet weiterschauen. Oh – ich muss los, sie wartet schon! Bis morgen!"

„Bis morgen“, rief Elias ihm hinterher.

Papa winkte ihn zu sich und deutete auf ein Paar schwarze Turnschuhe mit weißen Streifen. „Was hältst du denn von denen?“

Elias zögerte. „Sie müssen auf alle Fälle wasserdicht sein.“

„Nanu“, wunderte sich Papa. „Seit wann legst du denn auf so etwas Wert?“

„Der Geschmack verändert sich halt“, murmelte Elias. „Und eine rutschfeste Sohle brauchen sie auch.“

„Aha?“, machte Papa freudig. „Willst du jetzt endlich mal Sport machen? Drüben gibt’s auch Fußballschuhe.“

„Nein, ich brauche welche, die bis über die Knöchel gehen. Damit ich mit ihnen durch den Matsch gehen kann.“

Papa schaute schon nicht mehr ganz so fröhlich drein. „Aber … es ist Sommer. Du meinst doch keine Winterstiefel?“

„Nein“, sagte Elias. „Winterstiefel sind gefüttert. Davon hab ich nichts gesagt.“

Am Ende fand er schwarze, geschnürte, halbhohe Schuhe. Feste Wanderschuhe. Perfekt! Das sollten seine Zorro-Schuhe werden. Die waren wichtiger als die schwarze Maske.

Doch dieser Tag sollte noch viel schwärzer als die Schuhe werden.

Tiefschwarz.

Elias holte tief Luft.

Aber schwarz blieb schwarz.

Ihm war schwarz vor Augen und er klammerte sich am Gartenzaun fest. Eigentlich hatte er nach dem Schuhkauf kurz bei Kurt vorbeischauen und dann noch einmal zu Luna fahren und ihr seine neuen Zorro-Schuhe zeigen wollen. Doch vor Kurts Haus stand immer noch das schwarze Auto. Und auch noch ein zweites Auto hatte Elias bemerkt. Und er hatte gesehen, dass der dicke Neffe breitbeinig in Kurts Garten stand und mit zwei Männern diskutierte. Elias war unschlüssig vor Kurts Gartentor stehen geblieben.

Der Neffe hob den Kopf. „Was gibt's zu gucken?“ Dann erkannte er ihn. „Ah, du bist doch der Unter-dem-Tisch-Hocker, stimmt's? Tja, das ist jetzt vorbei.“

Was sollte das denn heißen? Wollte der ihm Angst einjagen?

Elias blinzelte. Was würde Zorro machen?

Auf alle Fälle würde er sich nicht einschüchtern lassen, sondern den Feind aushorchen.

„Wieso vorbei?“, hatte er daher vorsichtig nachgefragt.

„Weil mein lieber Onkel jetzt leider im Krankenhaus liegt und wohl nicht mehr zurückkommen wird. Und jetzt stör bitte nicht, wir müssen hier planen …“

Schwarz.

Elias war schwarz vor Augen, und er klammerte sich am Gartenzaun fest, damit er nicht vom Rad fiel. Kurt war im Krankenhaus? Was war denn passiert? Elias musste daran denken, wie Kurt sich bei seinem letzten Besuch ans Herz gefasst hatte. Ob der gemeine Neffe ihn wieder so erschreckt hatte?

Und wieso hatte der hier jetzt etwas zu planen? Waren die anderen beiden Männer vielleicht schon die Architekten, die Kurts Haus abreißen und dort stattdessen zwei fiese schicke Doppelhaushälften hinstellen wollten?

Elias dachte an Zorro.

Und er beschloss, doch noch ein weiteres Mal zu stören.

„Kurt ist sicher bald wieder gesund und dann kommt er zurück nach Hause!", rief er über den Gartenzaun.

„Was geht dich das an!", rief der Neffe zurück. „Er hat es am Herzen und irgendjemand muss sich ab jetzt um ihn kümmern. Da kommt man nicht mehr so leicht nach Hause. Nicht in seinem Alter."

„Können Sie das nicht machen?", fragte Elias und fühlte sich sehr mutig. „Sich um ihn kümmern?"

„Ich? Nein, ich kümmere mich ja schon um das Haus."

Der Neffe wandte sich wieder den beiden Männern zu und murmelte etwas Unverständliches. Die Männer lachten und warfen Elias belustigte Blicke zu. Er fühlte eine kochende Wut in seinem Bauch aufsteigen. Von wegen, der Neffe machte sich Sorgen um Kurt! Sein Verdacht hatte sich bestätigt: Der Neffe war nur hinter dem Haus und dem Grundstück her!

In diesem Moment bremste ein Transporter hinter Elias. In großen Buchstaben stand „Tierpark" darauf. Was wollte der denn hier? Elias stellte sein Rad ab und duckte sich hinter die Mülltonnen. Ein Mann mit rotem Käppi sprang aus dem Wagen. In der Hand hielt er einen tragbaren Käfig.

„Hallo, bin ich hier richtig? Ich soll zwei altersschwache Hühner abholen und einen Wellensittich."

„Sie sind goldrichtig, kommen Sie nur herein",

winkte der Neffe und Elias duckte sich tiefer in sein Versteck.

Das konnte doch alles nicht wahr sein! Während Kurt im Krankenhaus lag, ließ der Neffe schon seine Tiere fortschaffen? Wusste Kurt überhaupt, was der hier anstellte?

„Einen alten Hund können Sie auch noch mitnehmen“, meinte der Neffe gerade zu dem Zoomann und deutete auf Benko, der mit seiner Leine an einem Gartenstuhl angebunden war.

„Nee, nee, danke“, winkte der Typ ab. „Für alte Hunde haben wir keine Verwendung, die müssen ins Tierheim. Aber Hühner brauchen wir immer. Frischfleisch für die Raubtiere.“

Elias schnappte nach Luft. Er glaubte, nicht richtig zu hören. Wollten die Löwenfutter aus Kurts Hühnern machen?! Aus Schnibbel am Ende auch noch?!

Und er konnte nichts dagegen tun!

„Kommen Sie mit ins Haus, da ist der Wellensittich“, sagte der Neffe. Er gab Benko einen Klaps. „Und dich bring ich danach gleich in ein schönes, neues Zuhause. Ins Tierheim, hast du gehört? Da sind noch viele nette andere von deiner Sorte!“

Benko knurrte. Der Neffe lachte und ging mit dem Zoomann ins Haus.

Elias biss sich in die Faust, um nicht laut zu schreien. Die Welt war so ungerecht! Er *musste* etwas unternehmen. Nur was?

Was würde Zorro tun? Seine schwarze Maske aufsetzen, seinen Degen in die Hand nehmen und über die Hecke springen? Nichts davon konnte Elias. Es war zum Mäusemelken. Jetzt kamen der Zoomann und der Neffe auch schon wieder aus dem Haus heraus.

„Das ist wirklich seltsam", hörte er den Neffen sagen. Elias sah, wie er sich ratlos umschaute. „Vorhin stand der Vogelkäfig noch auf dem Küchentisch. Oder habe ich ihn schon rausgetragen?"

„Ihr Vogel wird doch nicht mitsamt Käfig weggeflogen sein?" Der Zoomann lachte. „Dann wäre er eher was für den Zirkus, nicht für den Zoo."

Der Neffe lächelte gequält.

„Macht nichts, dann nehme ich eben nur die Hühner mit", meinte der Zoomann, beugte sich zum hohen Gras hinunter und rief: „Puuutt-putt-putt!"

Lauft weg, dachte Elias. Versteckt euch! Lasst euch nicht verführen.

„Pst!"

Mit einem Satz fuhr er herum.

Hinter ihm kauerte Luna. „Los, ich brauch deine Hilfe!"

In der einen Hand hielt sie eine Dose Sprühsahne, in der anderen – Schnibbels Käfig!

„Wie – woher hast du – hast du … den geklaut?", stotterte Elias überrascht.

„Jep." Luna kniff die Augen zusammen und spähte über die Mülltonne. „Hast du nicht gehört, was sie mit den Tieren vorhaben? Sie wollen sie verfüttern! Wir müssen was unternehmen!"

Elias nickte automatisch. „Ja, schon … aber was?"

Schnibbel zwitscherte aufgeregt und sagte etwas, das klang wie „Guten Appetit". Elias sperrte den Mund auf. Hatte Kurt doch recht gehabt und der Vogel konnte wirklich sprechen?

Luna stieß ihn in die Rippen. „Wir haben nur eine einzige Chance, die Hühner von hier wegzubringen: nämlich dann, wenn sie in dem Tragekäfig von dem Zootypen sitzen. Darin können wir sie transportieren."

Elias nickte wieder.

„Und das ist unser Plan!" Sie starrte ihn grimmig an. „Wenn der Zootyp den Käfig eingeladen hat, musst du alle ablenken – dann klau ich die Hühner aus dem Kofferraum."

Elias schluckte. „Wie soll ich denn vier Leute ablenken?"

„Na – stell dich dumm oder fall um und schrei um Hilfe, was weiß ich! Hauptsache, du verschwindest jetzt von hier und kommst von der anderen Seite auf den Transporter zu."

Sie schob ihn weg.

„Und was ist mit Schnibbel?", fragte er zögernd. „Und mit Benko?"

„Schnibbel verstecken wir so lange hinter den Mülltonnen. Und Benko kommt ja ins Tierheim, wenn ich

das richtig gehört habe. Da droht ihm keine Lebensgefahr. Um ihn kümmern wir uns später."
Elias holte tief Luft. „Okay."

„Los, worauf wartest du?"

Er nickte. Schluckte. Nickte noch einmal. Und radelte los.

„Und nicht in meine Richtung schauen, egal, was passiert!", zischte sie ihm hinterher.

Elias biss die Zähne zusammen. Er wollte sich eines Zorros würdig erweisen. Er durfte nichts falsch machen!

Überfall

Jetzt.

Jetzt oder nie!

Elias spähte über die Hecke. Das war der Moment, auf den er gewartet hatte. Der Zoomann hatte die beiden Hühner in den Tragekäfig gelockt und ihn verschlossen. Eben trat er durch das Gartentor, ging zu seinem Transporter und klappte eine der beiden Kofferraumtüren auf. Elias sprang auf sein Fahrrad, trat mit aller Kraft in die Pedale und steuerte direkt auf die Motorhaube zu.

Das war sein Einsatz.

Er würde umfallen und um Hilfe schreien, was das Zeug hielt!

Direkt vor den Scheinwerfern stieg er auf die Bremse, sprang vom Rad und ließ es scheppernd auf die Straße knallen. Gleichzeitig jaulte er auf, warf sich auf den Boden und trat mit den Füßen, so kräftig er konnte, gegen die Stoßstange.

Autsch!

Auch ein vorgetäuschter Unfall kann wehtun.

Er spürte, dass er sich die Handflächen und ein Knie aufgeschlagen hatte. Mit einem Auge lugte er Richtung Kofferraum.

„Oh! Du meine Güte! Hast du dir was getan?"

Der Zoomann ließ alles stehen und liegen und eilte mit besorgter Miene zu ihm. Genau wie Elias es sich vorgestellt hatte. Jetzt hatte Luna freie Bahn! Elias stöhnte auf, was ihm nicht schwerfiel, weil sein Knie ja wirklich wehtat.

Gut so, dachte er beruhigt, dann musste er kein allzu schlechtes Gewissen haben, weil er die Hilfsbereitschaft des Zoomanns so ausnutzte.

Der kniete schon neben ihm auf der Straße. „Wie ist denn das passiert? Kannst du alles bewegen?"

„Weiß nicht", stöhnte Elias und wackelte mit den Fingern. Er wollte es nicht zu sehr übertreiben, aber er musste Zeit schinden. „Ich glaube, die Finger funktionieren." Er streckte vorsichtig die Beine aus. „Geht auch."

Hinter ihm gackerten die Hühner, doch Elias schaute nicht hin, sondern hielt dem Mann stattdessen seine aufgeschürften Handflächen unter die Nase. „Aber da tut es weh."

„Da ist nur die Haut ab", versuchte ihn der Mann zu beruhigen. „Ich habe selbst zwei Söhne, die muss ich ständig verarzten. Warte, im Bus habe ich Pflaster."

„Nein!", schrie Elias auf. Der Mann durfte auf gar keinen Fall zum Transporter gehen!

„Nanu, warum denn nicht?“, wunderte der sich.

„Ich – ich … habe Angst vor Pflaster!“, rief Elias noch lauter und hoffte, dass das nicht zu verrückt klang.

„Oh“, meinte der Mann überrascht. „Angst vor Pflaster? Auf den Kopf bist du aber nicht gefallen, oder?“

„Äh – nein.“

Elias saß immer noch auf der Straße, doch aus den Augenwinkeln konnte er sehen, wie Luna geduckt weglief. In der Hand hielt sie den Hühnerkäfig.

Der Neffe und die zwei Männer im Garten waren ins Gespräch vertieft und hatten offenbar nichts mitbekommen.

Glück gehabt!

„Na, du hast ja auch einen Helm auf“, sagte der Mann und half ihm auf die Beine. „Wieso bist du denn überhaupt gestürzt? Hast du meinen Wagen übersehen?“

„Äh – ja, der war plötzlich einfach da“, stammelte Elias und fand sich ziemlich glaubwürdig.

Er sah, wie der Zoomann prüfend den Lack zwischen den Scheinwerfern musterte. „Keine Kratzer, gut so.“ Er hob Elias’ Fahrrad auf, drehte an den Reifen und hielt es ihm hin. „Dein Rad fährt auch noch.“

„Äh – danke. Autsch …“, murmelte Elias. Er trat vorsichtig auf und lauschte zugleich. Keine Hühner mehr zu hören. Das dürfte ein gutes Zeichen sein. „Autsch … und danke!“ Elias stöhnte noch ein paar Mal und stieg dann ganz, ganz langsam auf sein Fahrrad. „Äh – also … ich fahr dann mal … äh, fahr dann mal weiter."

Der Mann lächelte ihm zu. „Immer tapfer, Junge!"

Der Zoomann ging zum Kofferraum zurück.

„Nanu?"

Elias wollte eigentlich schon losdüsen, aber er war zu neugierig.

„Wo ist denn mein Hühnerkäfig hin?", hörte er den Mann sagen. Er schien aufs Äußerte erstaunt. „Und was ist das hier? Sahne … oder was? Wer hat denn ein … ein großes Z in meinen Kofferraum gesprüht?"

Elias hatte genug gehört. Er trat in die Pedale. Nichts wie weg! Gerade noch rechtzeitig fiel ihm Schnibbel wieder ein, der in seinem Käfig hinter den Mülltonnen wartete.

„Ich hab die Hühner!" Luna stand vor ihrem Wohnblock und hielt triumphierend den Käfig hoch.

„Und ich Schnibbel!" Elias bremste ab, und der Wellensittich zwitscherte aufgeregt, weil sein Käfig ganz schön hin- und herschaukelte. „Mann! Du hättest den Heini vom Zoo sehen müssen! Und hören! Wie der sich mit dem fiesen Neffen gestritten hat – dass er sich nicht für blöd verkaufen und umsonst rufen lässt und so, und dann ist er weggefahren."

„Gute Arbeit", nickte Luna anerkennend.

„Übrigens … jemand hat mit Sprühsahne ein Z in den Kofferraum gesprüht!“ Elias grinste Luna an. „Was hast du dazu zu sagen?“

„Nichts.“ Sie grinste zurück.

„Luna, du bist endgültig überführt!“

„Du bist halt zu schlau für mich.“ Sie zögerte. „Aber du verrätst es doch niemandem?“

„Nie im Leben!“ Elias wurde rot. „Wir … wir könnten ja auch zusammen ein Zorro-Team sein?“

Luna sagte nichts.

„Ich hab sogar neue Schuhe, mit rutschfestem Profil und wasserdicht.“

Luna lachte. „Wow!“

Elias schaute peinlich berührt zu Boden. Hatte er etwas Falsches gesagt? Die Hühner gackerten.

„Aus euch wird auf jeden Fall kein Löwenfutter“, stellte Luna zufrieden fest.

„Aber wohin sollen wir sie jetzt bringen?“, fragte Elias ratlos. „Zu dir?“

Luna schüttelte den Kopf. „Das geht nicht.“

Stimmt. Bei Luna waren ja noch nicht einmal die Umzugskartons ausgeräumt. Und außerdem hatte sie schon ein illegales Kaninchen. Und einen misstrauischen Hausmeister.

Plötzlich wurde Elias klar, dass er jetzt dran war. Er atmete durch. Wer im Zorro-Team sein wollte, musste mutig sein. Da genügte es nicht, rutschfeste Schuhe zu haben.

Er überlegte. Ihr Haus war, wie jedes Reihenhaus, nicht groß. Im Erdgeschoss waren Küche und Wohnzimmer, im ersten Stock sein Kinderzimmer und ein Arbeitszimmer und unterm Dach schliefen seine Eltern. Egal, wo er die Hühner unterbringen würde, das Gegacker würde man im ganzen Haus hören!

Nein, im Haus würde er die Hühner nicht verstecken können. Aber – Moment mal. Was war denn mit dem Fahrradschuppen?! Der war zwar vollgestopft bis obenhin. Aber mit etwas gutem Willen ließen sich die Hühner dort vielleicht einquartieren. Und Schnibbel in seinem Käfig auch. Es war ja nur für kurze Zeit.

Oder?

Was war bloß mit Kurt?

„Kurt wird doch sicher bald aus dem Krankenhaus entlassen werden?“, dachte er laut. „Dann wird er den frechen Neffen vertreiben und seine Tiere zurücknehmen! Oder?“

Luna zuckte die Achseln und sah ihn an. „Weiß nicht.“

Elias schluckte.

Tief in ihm drin wuchs eine große Unruhe. Was, wenn das das Ende war – wenn Kurt starb, sein Haus abgerissen wurde und seine Leih-Opa-Heimat für immer Geschichte war? Und was würde dann aus den Tieren werden?

„Wir bringen die Hühner und Schnibbel erst mal in unseren Fahrradschuppen“, sagte Elias entschlossen.

„Da bemerkt sie niemand. Und dann schauen wir, was mit Kurt ist."

„Cool!" Luna nickte ihm zu, als habe sie auf diesen Vorschlag gewartet.

Elias packte Schnibbels Käfig und überquerte die Straße. Luna folgte ihm mit den beiden Hühnern, die laut gackernd protestierten, doch darauf konnten sie jetzt keine Rücksicht nehmen.

Elias sperrte die Haustür auf und lauschte. Papa war anscheinend unter der Dusche. Er hörte Wasserrauschen und Gesang. Elias schaute auf die Uhr. 18 Uhr. Sie hatten noch eine halbe Stunde Zeit, bevor Mama nach Hause kommen würde.

„Die Luft ist rein", murmelte er und rasch schlüpften sie hinein und dann durch den Flur und durchs Wohnzimmer wieder hinaus in den kleinen Garten.

Der Fahrradschuppen war rot und groß und nahm fast den ganzen Platz hinter dem Haus ein. Und er war wirklich voll: Hinten stapelten sich eine Schubkarre, ein Schlitten, ein Bob und der Fahrradanhänger, davor standen dicht an dicht die Räder seiner Eltern, Elias' Roller, der Rasenmäher und noch ein Haufen anderer Kram.

Luna lachte, als sie das Chaos sah. „Das sieht ja aus wie bei uns!"

Sie schoben den Roller und die Fahrräder aus dem Schuppen und parkten sie auf der Terrasse. Elias öffnete den Transportkäfig und hob die zwei Hühner vorsichtig in ihren provisorischen Stall. Verschüchtert schmiegten sie sich an den Rasenmäher und gluckstenleise vor sich hin.

„Sie brauchen noch ein bisschen Kies oder Sand und Heu“, meinte Elias fachmännisch. „Zum Scharren. Der nackte Beton gefällt ihnen bestimmt nicht so gut.“

„Gute Idee“, erwiderte Luna und stellte Schnibbel mit seinem Käfig vorsichtig auf die Winterreifen, die in einer Ecke des Schuppens aufeinandergetürmt waren. Dann sah sie sich im Garten um. „Ich rupfe mal ein bisschen Gras für sie. Und dahinten ist Erde."

„Sie brauchen auch noch ein Schälchen mit Wasser. Und natürlich Futter", zählte Elias weiter auf. „Mist, der *Futtertrog* hat schon zu."

„Müsli tut's sicher auch", meinte Luna. „Habt ihr welches?"

Elias nickte. „Logisch."

Er sauste in die Küche und holte zwei tiefe Teller. Einen für Wasser und einen für Müsli. Als er die gefüllten Teller im Schuppen auf den Boden stellte, schienen die Hühner halbwegs versöhnt mit ihrem Schicksal. Sie stolzierten probehalber zwischen dem ausgerupften Gras und der Gartenerde umher, die Luna auf den Betonboten gestreut hatte, und begannen, die Rosinen aus dem Müsli zu picken.

„Es scheint ihnen zu schmecken", stellte Luna fest.

Elias füllte noch einmal Müsli nach. Hoffentlich blieb das Versteck unentdeckt. Wenn nicht, würde es Ärger geben.

„Fehlt nur noch Benko", sagte er schließlich. „Und dann will ich wissen, was mit Kurt ist."

Luna machte ein entschlossenes Gesicht. „Um Benko kümmern wir uns morgen gleich nach der Schule. Ich weiß, wo das Tierheim ist."

Ob Elias Benko auch noch verstecken konnte? Das würde sicher noch schwieriger werden. Ein Hund bellt ja schließlich und braucht Auslauf und kann nicht einfach allein in einem Schuppen bleiben … Aber eins war klar: Elias würde alles tun, um zu beweisen, dass er ein würdiger Zorro war!

„Was?" Mama starrte ihn ungläubig an. „Kurt ist im Krankenhaus?"

Elias nickte. „Herzanfall oder so."

„Da hätte ich ihn ja nach der Arbeit noch besuchen können", meine Mama und deckte den Tisch fürs Abendessen. „Wahrscheinlich liegt er nur eine Station weiter. Hoffentlich nichts Ernstes."

Elias fühlte wieder diesen Kloß im Hals. „Das Allergemeinste ist, dass sein Neffe schon die Tiere weggibt und vielleicht sogar das Haus abreißt! Ohne dass Kurt etwas davon weiß!"

„Das Haus abreißen?" Mama lächelte über sein besorgtes Gesicht. „Das kann ich mir nicht vorstellen. Da hast du sicher was falsch verstanden."

Elias schüttelte energisch den Kopf. „Haben wir nicht!"

Papa, der schon wieder hinter seinem Laptop hockte, schaute auf. „*Wir?* Mit wem warst du denn unterwegs?"

„Na, mit Luna", erklärte Elias ungeduldig. „Und sie hat genau dasselbe verstanden wie ich."

„Kurt kann froh sein, dass sich sein Neffe um die

Tiere und das Haus kümmert, finde ich“, sagte Papa und tippte weiter.

„Papa!“ Elias starrte ihn an. „Du hast ja keine Ahnung! Du hast den Neffen nicht erlebt. Wahrscheinlich hat er Kurt mit Absicht erschreckt, damit der einen Herzanfall bekommt.“

Papa lachte. „Junge, so was passiert doch nur im Krimi.“

„Wir haben sogar einen Mann vom Zoo gesehen, der die Hühner und Schnibbel abholen wollte“, versuchte Elias es noch einmal.

„Na, siehst du“, sagte Mama, „jemand versorgt die Tiere. Das ist doch gut.“

„Nein, nein“, protestierte Elias. „Die wollten Löwenfutter aus den Hühnern machen.“

„Ach, Quatsch!“, widersprach Mama. „Du hast eine wirklich blühende Fantasie.“

Elias schnaubte.

Dann deutete Mama auf seine neuen Schuhe. „Was hast du denn da an? Willst du wandern gehen?“

„Das sind die Schuhe, die Papa und ich heute gekauft haben!“, murmelte Elias unwirsch. „Die sind wasserd…“

„Was?“ Mama unterbrach ihn. „*Solche* Schuhe habt ihr gekauft?!“

Papa schaute sie unsicher an. „Stimmt was nicht? Das sind Outdoor-Schuhe. Was für Männer.“

„Oh." Mama schien ein Lachen zu unterdrücken. „Männer brauchen wohl Schweißfüße, was?"

„Männer brauchen Profil", sagte Papa und klappte den Laptop zu. „Und was zu essen."

„Mama, könntest du nicht wenigstens im Krankenhaus anrufen und nach Kurt fragen?" Elias setzte sich an den Tisch und legte demonstrativ die Füße mit den Outdoor-Schuhen auf einen Stuhl.

„Wenn es dich beruhigt." Mama stellte die Butter beiseite und holte das Telefon. „Du wirst sehen, es klärt sich alles auf und keiner will das Haus abreißen oder die Tiere verfüttern."

Sie wählte die Nummer und fragte sich zur richtigen Station durch. Kurt selbst bekam sie nicht ans Telefon, aber ein Arzt, den sie offenbar kannte, schien ihr Auskunft zu geben.

„Puh", sagte sie, als sie aufgelegt hatte, und runzelte die Stirn. „Offenbar ist Kurt etwas verwirrt. Er meint tatsächlich, dass sein Neffe ihn gegen seinen Willen ins Krankenhaus gebracht hat und dass er ihn immer erschreckt und solche Sachen. Sie wollen ihn auf alle Fälle noch ein paar Tage dabehalten, um alles abzuchecken."

„Aber Kurt ist nicht verwirrt!", rief Elias. „Er sagt doch nur, was ich auch sage! Sein Neffe will ihn zu Tode erschrecken."

Mama schaute ihn zweifelnd an. „Mein Junge, Kurt ist einfach in einem Alter, in dem es ganz schnell gehen kann. Plötzlich wird man dement und verwechselt alles. Und manche fühlen sich dann sogar verfolgt, bloß weil sie nicht sehen wollen, dass sie sich nicht mehr selbst versorgen können."

Elias meinte, nicht richtig zu hören. „Warum glaubt mir denn keiner?", fragte er verzweifelt.

„Weißt du, was?", schlug Papa vor und nahm sich eine Scheibe Brot. „Morgen Nachmittag können wir deinen Kurt ja besuchen oder zumindest noch mal anrufen, dann sehen wir, wie es ihm geht und ob er sich wieder beruhigt hat. Einverstanden?"

Es war nicht zu fassen. Warum waren seine Eltern so schwer von Begriff?! Auf ihre Hilfe konnte er nicht zählen. Elias seufzte laut auf. Dann dachte er an die Hühner und Schnibbel draußen im Schuppen. Und an Benko im Tierheim.

Und natürlich an Zorro. Was würde Zorro machen?

Er würde die Sache selbst in die Hand nehmen.

Also! Morgen würde es einiges zu tun geben. Sie mussten zuerst Benko retten. Und dann auch noch Kurt.

„Warum stehen eigentlich unsere Räder auf der Terrasse?", fragte Papa mit vollem Mund.

„Äh ..." Elias biss schnell noch einmal ab und kaute angestrengt.

„Stimmt", sagte Mama und warf einen Blick aus dem Fenster, „das wollte ich auch schon fragen."

„Na – ich muss als Hausaufgabe eine gute Tat machen und da … da dachte ich, ich öle morgen die Räder und pumpe sie auf“, stotterte Elias.

War das glaubhaft? Er war sich nicht sicher.

„Bist du jetzt bei den Pfadfindern?“, fragte Mama erstaunt. „Eine gute Tat!“

Elias wurde rot und kaute stumm vor sich hin. Sollte er noch weiter lügen und behaupten, dass er tatsächlich bei einer Pfadfindergruppe mitmachte und jetzt jeden Tag eine gute Tat vollbringen sollte?

Mama grinste Papa an. „Braucht er am Ende deswegen die Bergsteiger-Schuhe?“

Papa verstand nicht. „Wegen der Fahrräder?“

„Nein“, sagte Mama ungeduldig, „wegen der Pfadfinder.“

„Ach so.“ Papa grinste dümmlich.

Elias hatte sich entschieden. Noch mehr zu erfinden war nicht notwendig. „Ich bin nicht bei den Pfadfindern, es ist nur eine normale Hausaufgabe.“

„Auf Ideen kommen die Lehrer!“, sagte Mama. „Wenn die Fahrräder fertig sind, kommen sie aber wieder in den Schuppen. Gute Tat hin oder her.“

Elias nickte. „Logisch.“

Lange würden sie die Hühner nicht im Schuppen verstecken können.

Freiheit

„Du hast doch noch zehn Minuten Zeit", sagte Papa am nächsten Morgen, überrascht darüber, dass Elias sich schon die Jacke anzog. Aber Papa konnte ja schließlich nicht wissen, dass Elias noch die Hühner und Schnibbel füttern musste.

„Ich fahre heute früher los", sagte er schnell, „ich komme in letzter Zeit immer so knapp."

Es war schon ziemlich kompliziert, Geheimnisse vor seinen Eltern zu haben.

„Ach so", machte Papa und räumte die Spülmaschine ein. Er schien keinen Verdacht zu schöpfen.

Mama hatte Frühschicht und war schon seit fünf Uhr früh im Krankenhaus. Sie hatte versprochen, nach Kurt zu sehen und ihnen Bescheid zu geben, wie es ihm ging. Elias schlüpfte in seine neuen Schuhe. Sie fühlten sich gut an. Echt zorromäßig. Mit der Müslipackung in der Hand wollte er sich gerade hinter Papas Rücken vorbeidrücken, als der ihn aufhielt.

„Elias!" Papa grinste. „Wo bist du nur mit deinen Gedanken! Das Müsli musst du nicht mit in die Schule nehmen. Du hast ein Schinkenbrot in der Brotbox und Nüsse."

„Äh – das Müsli brauch ich aber auch", erwiderte Elias. Mit der Zeit gewöhnte er sich geradezu daran, sich Ausreden auszudenken. „Wir haben heute eine Stunde, in der wir über gesundes Essen sprechen wollen."

Papa kratzte sich am Kopf. „Gesundes Essen! Gute Taten! Na, ihr lasst es euch ja gut gehen. Ich dachte, die Schöller ist so doof?"

„Die Schöller ist doch unsere Mathelehrerin! Über gute Taten und gutes Essen reden wir mit dem Pfannkuch."

Papa grinste. „Logisch, da hätte ich gleich drauf kommen können. Bei dem Namen. Lecker, Pfannkuchen!"

Elias lachte.

Papa wurde wieder ernst. „Mama und ich wollen übrigens mal mit der Schöller reden. Es ist nicht gut, wenn eine Lehrerin mit ihrer Klasse auf Kriegsfuß steht und die Kinder überhaupt nicht mitkommen. Wann hat sie denn Sprechstunde?"

„Weiß nicht", sagte Elias ungeduldig. Er musste jetzt wirklich los, wenn er noch die Tiere füttern wollte. „Du musst im Sekretariat anrufen."

„Mach ich. Heute oder morgen. Dann wird es mit der Schöller vielleicht besser." Papa gab ihm einen Klaps auf den Rücken. „Also los! Bis heute Abend!"

Elias verstaute das Müsli in seinem Schulranzen und sauste aus der Tür. Draußen schaute er sich um, ob Papa ihn noch sehen konnte, und lief dann gebückt durchs hintere Gartentor zum Schuppen und schob die Tür auf.

Durch das kleine Fenster fiel etwas Tageslicht herein. Die beiden Hühner begrüßten ihn mit vorwurfsvollem Gackern, schienen aber wohlauf.

„Schon gut, hier kommt frisches Futter", flüsterte Elias und schüttete das Müsli auf den Teller.

Die Hühner hatten sich offenbar schon etwas im Schuppen eingerichtet, denn das Gras, das Luna ihnen gestern gepflückt hatte, war zu einem kleinen Nest zusammengeschoben.

„Brav", sagte Elias, als er darin ein Ei entdeckte. Er nahm es, steckte es vorsichtig in seine Brotbox und packte sie in den Schulranzen. Dann goss er schnell frisches Wasser aus seiner Trinkflasche auf den anderen Teller. Und schließlich warf er noch einen Blick auf Schnibbel, der in seinem Käfig hin- und herflog und vor sich hin zwitscherte. Die Körner im Futterspender würden noch ein paar Tage ausreichen. Sehr gut!

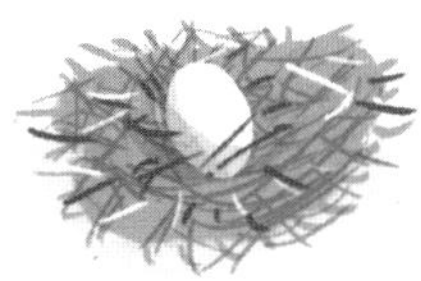

„Bis später", flüsterte Elias und hoffte, die Hühner würden weiter so gut mitspielen und sich auch tagsüber möglichst unauffällig verhalten. „Schön leise sein, ja?"

Er stellte die Müslitüte ins Regal. Dann schloss er die Schuppentür hinter sich, schwang sich auf sein Fahrrad und trat in die Pedale.

Luna saß schon im Klassenzimmer und schaute ihn erwartungsvoll an. „Und?“

Elias machte ein cooles Gesicht und schmiss seine Schultasche neben seinen Stuhl. „Alles unter Kontrolle.“

Luna grinste. „Du machst dich!“

Elias wurde rot, cooles Gesicht hin oder her.

„Ich habe im Internet nachgeschaut“, fuhr Luna leise fort. „Das Tierheim hat heute bis 15 Uhr geöffnet. Wenn wir Benko retten wollen, müssen wir uns nachher beeilen.“

Elias nickte. „Wir fahren gleich nach der Schule hin, ja?“

Luna wollte gerade antworten, da stand plötzlich die Schöller vor ihnen. „Jetzt ist mal Schluss mit Tuscheln“, sagte sie. „Habt ihr den Gong nicht gehört?“

„Entschuldigung“, sagte Elias und unterdrückte ein Grinsen.

Seit dieser einen, besonderen, blauen Stunde musste er immer an ihre besonders blaue Zunge denken, wenn er die Schöller sah. Er war sich sicher, dass es allen in der Klasse so ging.

„Tuscheltuscheltuschel“, rief Basti. Als Elias sich zu ihm umwandte, küsste er wild in die Luft.

Elias schnitt ihm eine Grimasse.

„Lass ihn“, hörte er in diesem Augenblick Luna neben sich murmeln. „Er versteht es nicht besser.“

Sie war wirklich anders.

Die Mathestunde kam Elias heute noch zäher vor als sonst, Deutsch war auch nicht besser und sogar Kunst war langweilig. Die Zeiger der Uhr schienen im Schneckentempo vorwärtszukriechen. Was, wenn Benko im Tierheim sehr leiden musste? Bestimmt gab es dort bissige Straßenköter oder sogar Kampfhunde! Was, wenn ihn schon irgendjemand Fremdes mitgenommen hatte, wenn sie kamen? Kurt würde vor Kummer vergehen.

Als Elias seine Brotbox öffnete, um sein Pausenbrot herauszunehmen, fiel das Ei heraus und zerbrach neben der Schulbank.

„Mist!“, entfuhr es ihm. Er hatte es total vergessen.

Luna kicherte. „Ist das heute Nacht gelegt worden?“

„Erraten.“ Elias holte eine Packung Papiertaschentücher aus seinem Ranzen.

Esther beugte sich vor. „Was ist denn das für Glibberzeug?“

„Frisches Ei“, murmelte Elias grimmig.

„Seine Mutter hat vergessen, es zu kochen“, half Luna.

Dann endlich war die Schule aus, und Luna und Elias sausten zu den Fahrrädern und machten sich auf den Weg, um Benko zu retten. Das Tierheim lag nur einige Straßen weiter, das wussten sie. Auch wenn sie noch nie drin gewesen waren.

Schon von Weitem hörten sie Gekläffe. Das waren sie, die Kampfhunde und Straßenköter, und irgendwo unter ihnen musste Benko sein. Sie lehnten die Fahrräder an die Wand.

„Hast du einen Plan?“, fragte Elias. Das Gebell machte ihn nervös.

„Na, die Wahrheit sagen“, erwiderte Luna leichthin und klingelte. „Wir wollen Benko abholen, der fälschlich ins Heim gebracht wurde. Klingt doch glaubhaft, oder?“

Wieder bewunderte Elias ihren Mut.

Eine ältere Dame öffnete. „Nanu“, sagte sie, „wen haben wir denn da? Ich dachte, es wäre die Post.“

„Nein“, sagte Luna. „Wir sind nicht die Post.“

„Das sehe ich“, sagte die Frau. „Kann ich helfen?“

„Wir … wir wollen Benko abholen“, stotterte Elias.

„Benko?“ Die Frau sah ihn erstaunt an. „Wer soll das sein? Klingt nach einer Schildkröte.“

„Ist aber ein Hund“, korrigierte Luna sie und spähte ins Haus. „Dürfen wir reinkommen? Benko ist fälschlicherweise hier gelandet.“ Sie zögerte. „Er wurde … gefunden und hier abgegeben. Und wir bringen ihn zu seinem Besitzer zurück.“

Elias nickte eifrig.

„Fälschlicherweise hier gelandet?“ Die Tierheimfrau

biss offenbar an. „Der arme Kerl. Wie sieht er denn aus, euer Benno?“

„Benko“, verbesserte Elias.

„Benko natürlich“, meinte die Frau und ließ sie hinein. Das Gekläffe wurde noch lauter. „Dummerweise kenne ich unsere Gäste nicht mit Namen.“

„Er muss gestern Abend gebracht worden sein“, sagte Elias und sah sich um.

An den Wänden hingen Tierposter von Giraffen, Schmetterlingen und Hamstern und in einem Regal standen alle möglichen Futtersäcke. Es stank schlimmer als zehn alte Hunde auf einmal.

„Gestern?“ Die Frau zuckte bedauernd mit den Schultern. „Gestern war ich nicht da. Ich bin ja nur Aushilfe hier. Ich bräuchte etwas präzisere Angaben.“

„Da!“ Elias packte Luna am Arm. Er war sich ganz sicher, das Bellen erkannt zu haben. „Hör mal, das ist er!“

„Was? Das heisere Gebell?“, fragte Luna zurück.

Elias nickte und eilte in die Richtung, aus der das Bellen gekommen war.

Und richtig, einen Raum weiter, in einem großen Zwinger, begrüßte Benko sie begeistert, wedelte kräftig mit dem Schwanz und kläffte sie mit großen, erwartungsvollen Hundeaugen an. Hinter ihm wuselten einige Pudel hin und her. Zum Glück war kein Kampfhund dabei.

„Ach, das hier ist euer Benko?“ Die Frau war ihnen

gefolgt und lächelte mütterlich. „Ja, ja, ja, fein, du Hundi!“

Elias sah sie bittend an. „Können Sie ihn rauslassen?“

„Ja – aber“, die Frau zögerte plötzlich. „Hört mal, ich weiß gar nicht, ob ich euch den Hund so einfach mitgeben darf. Woher soll ich denn wissen, dass eure Geschichte stimmt und ihr mir nicht einen Streich spielen wollt?“

Elias sah, wie Luna die Augen verdrehte. Benko bellte wieder. Elias bückte sich und hielt ihm die Hand durch die Gitterstäbe. Benko begann eifrig, sie abzuschlecken.

„Schauen Sie doch“, sagte Luna, „wie sehr er sich freut, uns wiederzusehen!“

„Ja, das merkt man“, murmelte die Aushilfsfrau und kratzte sich am Kopf. „Er kennt euch, so viel ist sicher.“

Luna warf Elias einen raschen Blick zu.

„Wollen Sie … wollen Sie vielleicht mit meiner Mutter sprechen?“, fragte sie schließlich und kniff die Augen zusammen. „Wir können sie jederzeit anrufen, wenn Sie uns nicht glauben.“

Elias hielt die Luft an.

Ihre Mutter wusste doch von allem nichts!

„Haben Sie ein Handy?“, fragte Luna herausfordernd weiter. „Dann können wir das hinter uns bringen. Ist ja klar, dass man Kindern nicht ohne Weiteres glaubt!“

„Äh …“ Die Frau schüttelte den Kopf. „So war das nicht gemeint. Nein, nein, wir müssen deine Mutter nicht behelligen.“

Jetzt grinste Luna. „Doch, bitte, rufen Sie sie an! Nicht, dass Sie Ärger bekommen. Ich diktiere Ihnen die Nummer."

Elias zwinkerte. Hoffentlich ging sie nicht zu weit!

„Nein, wirklich", winkte die Frau ab. „Ich nehme das auf meine Kappe. Ich bekomme schon keinen Ärger."

Der Plan ging auf! Die Frau öffnete die Tür zum Hundezwinger, und Benko schoss heraus und sprang an Elias hoch, der ihn mit beiden Händen streichelte.

„Ich sehe ja, wie dankbar euer Benno ist“, meinte die Tierheimfrau. „Das ist mir Beweis genug.“

„Benko“, sagte Elias. „Er heißt Benko.“

„Mein ich doch“, erwiderte die Frau und schien fast gerührt angesichts Benkos Wiedersehensfreude. „Habt ihr eine Leine?“

„Mist, die haben wir vergessen“, meinte Luna besorgt. „Ist das schlimm?“

„Nein, dann nehmt ihr einfach was von dieser Schnur hier.“ Die Frau schnitt ihnen ein Stück dicke Kordel ab. „Das ist unsere Notfallleine.“

„Super!“ Elias befestigte die Schnur an Benkos Halsband.

„Und danke für Ihr Vertrauen“, sagte Luna salbungsvoll zu der Tierheimfrau.

Triumphierend führten sie Benko zur Tür. Da hielt die Frau sie noch einmal zurück.

„Einen Moment noch.“ Sie wedelte mit einem Zettel. „Hier müsst ihr unterschreiben. Damit alles seine Ordnung hat.“

„Kein Problem“, sagte Elias und nahm den Zettel.

Er überlegte. Sollte er mit seinem richtigen Namen unterschreiben? Was, wenn es doch noch Ärger gab? Wenn der Tierheimchef anderer Meinung war als eine einfache Aushilfe und bei ihm zu Hause nachfragte?

Plötzlich begriff er, was er zu tun hatte. Er nahm den Stift, blinzelte Luna zu und malte ein großes, elegantes Z auf das Blatt.

„Bitte schön“, rief er, und dann sausten sie los, vorbei an der Tierheimfrau, die ihnen überrascht nachschaute, und hinaus in die Freiheit. Sie sprangen auf ihre Fahrräder. Benko bellte begeistert und hob zum Abschied das Bein am Blumenkübel neben der Haustür, bevor Elias ihn mit einem kräftigen Zug an der Notfallleine dazu bewegen konnte, ebenfalls das Weite zu suchen.

Elias wusste, was ihm blühte: Jetzt musste er versuchen, seine Eltern davon zu überzeugen, Benko aufzunehmen. Besonders Mama. Denn der Hund ließ sich nun mal nirgends verstecken. Schon gar nicht bei Luna. Elias wusste, was ihm blühte, aber seltsamerweise spürte er überhaupt nicht diesen dumpfen Druck im Bauch, den er so gut kannte, wenn er Angst vor etwas hatte. Er hatte nämlich gar keine Angst mehr, stellte er überrascht fest. Er fühlte sich fast ein wenig so, als hätte er einen schwarzen Umhang an, als hätte er eine schwarze Augenmaske und einen Degen und würde losreiten, um die Welt ein Stück besser zu machen!

Benko hechelte neben den Fahrrädern her. So schnell war er sicher seit Jahren nicht mehr gelaufen. Elias bremste ab, schließlich war Benko schon ein alter Hund.

„Meinst du, du schaffst es?“, hörte er Luna neben sich keuchen.

„Was denn?“, fragte er.

„Na, deine Eltern zu überzeugen, dass ihr jetzt einen Hund habt“, sagte Luna und lachte über sein verdutztes Gesicht.

„Woher weißt du, was ich gerade gedacht habe?“, fragte er verwirrt.

„Weil ich Gedanken lesen kann“, erwiderte Luna. „Und weil ich weiß, dass du weißt, dass bei uns im Haus ein Hund zu auffällig wäre. Und weil ich dein entschlossenes Gesicht gesehen habe.“

Elias grinste. Er schaute Benko an. Der blickte mit seinen treuen Hundeaugen zurück. „Aber was, wenn ich es nicht schaffe, meine Eltern zu überzeugen?“

„Ich helfe dir“, sagte Luna schlicht. „Dann wird es schon klappen.“

Sie ließen die Fahrräder vor dem Haus stehen. Hinten im Garten war ja eh schon alles voll, da standen die übrigen Räder und warteten darauf, dass Elias seine gute Tat einlöste.

Hoffentlich sprach Papa ihn nicht noch einmal darauf an!

„Sitz“, sagte Elias streng, und Benko setzte sich brav neben den Gartenzaun, als verstünde er, dass es jetzt auf gute Manieren ankam.

„Mama?“, rief Elias, als er die Haustür aufgesperrt hatte. „Bist du schon da?“

Sie hatte ja heute Frühschicht gehabt. Eigentlich müsste sie zu Hause sein.

„Ja“, kam es auch prompt aus dem Wohnzimmer.

„Kannst du mal kommen? Ich … ich muss dir jemanden vorstellen“, sagte Elias.

„Nanu, das klingt aber förmlich“, erwiderte Mama erstaunt und kam an die Tür. Als sie Luna sah, begann sie zu lächeln. „Mein Sohn will mir jemanden vorstellen, wie spannend!“

„Also, Mama“, begann Elias noch einmal, „ich weiß, du kannst Haare auf dem Teppich nicht ausstehen und auch nicht den Geruch.“

Mama stutzte und betrachtete überrascht Lunas Haare.

„Ich verspreche auch, mich ganz allein zu kümmern, und es ist ja auch nur für ein paar Tage.“

„Äh …“ Mama war sichtlich verwirrt. „Wie meinst du das? Will deine Freundin hier einziehen?“

„Es geht nicht um mich“, sagte Luna und wurde unbegreiflicherweise rot. „Ich bin übrigens Luna.“

Mamas Miene hellte sich wieder auf. „Ich weiß schon, du gibst Elias Nachhilfe.“

„Mama, hörst du mir denn überhaupt zu!“, unterbrach Elias sie. „Es geht nicht um Luna, es geht um Benko.“

„Benko?“ Mama sah sich suchend um und entdeckte endlich Kurts alten Hund, der brav und mit hechelnder Zunge neben dem Gartenzaun saß.

„Nein“, sagte Mama und fuhr sich mit der Hand über die Augen. „Das ist nicht dein Ernst!“

Elias presste die Lippen aufeinander.

„Du hast doch nicht etwa Kurts alten Hund mitgebracht?“, fragte Mama.

„Also …“ Aber weiter kam Elias nicht.

„Wir haben doch schon so oft darüber gesprochen“, sagte Mama, „dass wir keine Haustiere nehmen.“

„Es ist ein Notfall“, riefen Luna und Elias gleichzeitig.

Mama schaute von einem zur anderen.

„Wir haben ihn aus dem Tierheim gerettet“, sagte Luna schnell.

„Und jetzt muss er irgendwo wohnen, bis es Kurt wieder besser geht“, fiel Elias ein. „Bitte, Mama, ich werde mich um ihn kümmern!“

Mama sagte eine Weile nichts. „Ich war heute bei Kurt“, sagte sie schließlich. Sie seufzte. „Er schien noch nicht wieder bei Kräften.“

Benko winselte, als könnte er sie verstehen. Sie warf dem Hund einen Blick zu. Dann schaute sie zu den Kindern.

„Bei uns im Haus sind keine Tiere erlaubt“, meinte Luna entschuldigend. „Sonst würden meine Eltern ihn natürlich sofort aufnehmen.“

Mama schnaubte, aber dann grinste sie. „Das ist ja ein ganz abgekartetes Spiel, das ihr zwei da treibt! Ich sehe schon, ich habe keine Chance gegen euch.“

Elias atmete auf. Mama schien einzulenken! Eine Welle heißen Glücks durchströmte ihn.

„Also gut, Elias", sagte sie jetzt. „Benko darf drei Tage bei uns wohnen. Auf Probe. Aber er schläft im Kinderzimmer! Du gehst mit ihm Gassi und kümmerst dich um das Futter! Und du kannst nicht erwarten, dass ich in dieser Zeit das Kinderzimmer auch nur betrete." Jetzt schaute sie ihn streng an. „Abgemacht?"

„Abgemacht!", rief Elias und strahlte.

Luna klatschte ihn ab. „Siehst du, so macht man das!"

Mama drohte mit dem Finger. „Das habe ich gehört! Husch, husch, sucht ihm schnell eine alte Decke oder so was raus, auf dem er schlafen kann. Und dann müsst ihr noch Hundefutter kaufen."

Elias winkte ab. „Mama, ich weiß Bescheid. Ich kauf seit Jahren das Hundefutter für Benko. Das gibt's beim *Futtertrog*. Du wirst sehen, er ist ganz pflegeleicht."

„Mag sein", erwiderte Mama. „Aber er stinkt."

„Er muffelt leicht", verbesserte Luna sie. „Und dafür kann er nichts."

Mama seufzte noch einmal und nickte ergeben.

Eine Hand im Gebüsch

Wie sich das anfühlte! Mit einem eigenen Hund zum Einkaufen zu gehen! Es war ein gutes Gefühl.

„Siehst du", sagte Luna, „man muss nur wollen, dann regelt sich alles!"

Als sie vom *Futtertrog* zurückkamen, begann Benko plötzlich zu bellen und riss wild an seiner Notfallleine.

„Ruhig, Benko!" Elias packte ihn überrascht am Halsband. „Was hat er denn?"

Aber dann sah er es. Aus der Gartenhecke ragte eine Hand. Eine *echte* Hand!

Träumte er?

Jetzt winkte die Hand auch noch.

„Pst!", machte es aus dem Busch.

Stumm packte Elias Luna am Arm.

„Upps! Wachsen bei euch immer Hände an den Büschen?", flüsterte Luna. „Das ist ja voll gruselig."

„Pst!", machte es etwas lauter und eindringlicher aus der Hecke. „Elias! Hasenmädchen! Schnell!"

Das klang doch wie – genau! Das klang wie Kurt!

Aber der war doch mit Herzbeschwerden und Verwirrung im Krankenhaus, und Mama sagte, es ginge ihm noch nicht besser! Jetzt sahen sie auch eine zweite Hand und dann auch noch eine Nase.

„Kurt!", rief Elias. „Was machst du denn hier?"

„Pst! Nicht so laut!" Kurt tauchte wieder ab. „Ich bin auf der Flucht."

„Auf der Flucht?", echote Elias und Luna begann zu kichern.

Benko riss sich los und sauste zu seinem Herrchen.

„Äh – das erkläre ich später", kam es aus dem Busch. „Ist ja gut, du alter Stinker, sitz!"

„Willst du nicht rauskommen?", schlug Elias vor.

„Geht nicht, Kinder, ich hab nichts zum Anziehen."

„Bist du … äh … nackt?" Elias fragte sich besorgt, ob der Arzt im Krankenhaus und seine Mutter nicht doch recht gehabt hatten und Kurt wirklich völlig verwirrt war. Denn normalerweise sitzt man ja nicht ohne Anziehsachen hinter einem Busch und behauptet, man sei auf der Flucht.

„Fast nackt", erwiderte Kurt mit gedämpfter Stimme und richtete sich ganz kurz auf. Sie konnten sehen, dass er nichts als einen dünnen hellblauen Krankenhauskittel und eine Unterhose trug.

„Wow! Du bist … *so* aus dem Krankenhaus abgehauen?", rief Luna.

„Pst, pst, plärr doch nicht so", flüsterte Kurt besorgt und streichelte Benko, der sich vor Freude gar nicht mehr einkriegte. „Und du hör auf zu bellen! Uns

braucht ja nicht die ganze Nachbarschaft zu hören."
Kurt spähte ängstlich über die Zweige. „Ich kann nicht mehr zu mir nach Hause, müsst ihr wissen. Da lauert der Feind! Mein dicker Neffe. Der hat mich erst fast zu Tode erschreckt und dann mit dem Krankenwagen abtransportieren lassen."

„Das haben wir uns schon gedacht", flüsterte Elias zurück.

„Es gibt noch mehr, die auf der Flucht sind", wisperte Luna verschwörerisch und grinste Elias an. „Der Feind wollte Hackfleisch aus deinen Hühnern machen."

„Was? Mein Neffe? Hat der Kerl sich an meinen Tieren vergriffen?" Mit einem Satz richtete Kurt sich wieder auf. „Meine Güte! Meine Tiere werden zu Hackfleisch und ich sitz hier im Gemüse und kann nichts tun! So ohne Hose!"

„Sie sind alle in Sicherheit", sagte Elias stolz. „Benko ist hier und die Hühner und Schnibbel sind bei mir im Schuppen versteckt!"

„Mensch!" Kurt grinste sein zahnloses Grinsen. „Wenn ich euch nicht hätte! Gibt's das! Gerade will ich mir Sorgen machen, dabei ist den Tieren längst geholfen. Vielleicht könnt ihr jetzt mir auch noch helfen? Ich bräuchte nämlich dringend ein Klo."

„Dann komm doch rein", meinte Elias und sah sich um. „Es ist niemand auf der Straße unterwegs, wir sind unbeobachtet."

„Und was ist mit deinen Eltern?", fragte Kurt aus dem Busch. „Deine Mutter ist doch auch eine von denen! Von den Krankenhäuslern. Die gibt mir eine Beruhigungsspritze und bringt mich zurück."

„Oje, stimmt, Mama ist da." Elias schwieg betroffen.

„Ich lenk sie ab", sagte Luna entschlossen. „Dann

kannst du Kurt aufs Klo und weiter in dein Zimmer schmuggeln!"

Elias zögerte. „Aber wie willst du sie ablenken?"

„Na, mit Mathe!", rief Luna. „Wirst sehen, das klappt!"

„Klingt verdammt gerissen, dein Hasenmädchen", murmelte es aus dem Busch.

Es klappte tatsächlich.

Luna verwickelte Elias' Mama, die in der Küche Bratkartoffeln fürs Abendessen briet, im Nu in ein Gespräch über Textaufgaben und die fiese Schöller. Und Mama fand die fiese Schöller auch ungerecht und die Aufgaben auch schwer und war Luna obendrein noch dankbar, dass sie sich um Elias kümmerte und ihm Nachhilfe gab. Sie beteuerte, sie würden bald mal zur Sprechstunde gehen und mit der Schöller sprechen. Luna hatte die Küchentür wie nebenbei hinter sich zugezogen und so konnten Elias, Kurt und Benko unbemerkt die Treppe hinauf in den ersten Stock huschen.

Kurt verschwand im Badezimmer (wohin Benko ihn unbedingt begleiten wollte) und Elias schob inzwischen schnell seinen Schlafanzug unter die Bettdecke und ein paar alte Socken unters Bett, damit sein Zimmer wenigstens einigermaßen aufgeräumt aussah.

„Das war knapp", sagte Kurt schließlich und ließ sich ächzend auf Elias' Schreibtischstuhl fallen. Es war nicht klar, ob er das Klo meinte oder seine Flucht oder die Tatsache, dass Mama ihn nicht entdeckt hatte.

Benko legte sich ihm zu Füßen und machte ein glückliches Hundegesicht.

Endlich kam Luna die Treppe hochgesaust. „Ich bin zum Abendessen eingeladen worden“, sagte sie und strahlte Elias an. „Deine Mama ist mir echt dankbar, dass ich mich um dich kümmere. In Mathe, meine ich.“

Elias verzog das Gesicht.

Sie wandte sich an Kurt. „Jetzt sag endlich! Bist du echt aus dem Krankenhaus abgehauen?!“

„Ich konnte nicht anders!“ Kurt kniff erbost die Augen zusammen. „Die spinnen da! Um halb elf in der Früh wollten die Krankenschwestern mir schon Mittagessen auftischen! Und wisst ihr, was? Spinatsuppe! Nee, nee, da bin ich getürmt. Das hat das Fass zum Überlaufen gebracht.“ Er zupfte an seinem Patientenkittel. „Und *mich* erklären sie für verrückt! Dabei habe ich ihnen haarklein dargelegt, dass mein Neffe es auf mich abgesehen hat, auf mich und auf mein Haus!“

„Pst“, machte Elias, weil Kurt sich in Fahrt geredet hatte. „Die Küche ist genau unter uns!“

Kurt strich sich über den weißen Bart und bemühte sich zu flüstern. „Aber ich hab es ihnen gezeigt! Nicht mit mir! Man muss sich auch mal wehren, wenn es zu bunt wird.“ Er beugte sich zu den Kindern. „Wisst ihr, von wem ich das habe?“

Sie schüttelten den Kopf.

Er sah Elias triumphierend an. „Von deinem Zorro! Du weißt schon, Zorro, der deiner Lehrerin eingeheizt hat. Und deswegen bin ich auch nicht einfach so aus dem Krankenhaus abgehauen."

Er machte eine theatralische Pause. Elias und Luna sahen ihn erstaunt an.

„Ich habe", fuhr Kurt mit grimmigem Gesicht fort, „mit meiner Zahnpasta ein riesiges Z auf mein Kopfkissen gemalt!"

„Was?" Elias glaubte, nicht richtig gehört zu haben. „Ein Z?"

„Exakt!" Kurt rieb sich die Hände. „So wie der Zorro bei dir in der Schule! Bei dir war alles blau. Bei mir war alles mintgrün! Die sollen es ruhig mit der Angst zu tun bekommen. Zur Strafe dafür, dass sie mich einsperren wollten. Am liebsten gleich in einem Altenheim." Er schnaubte. „Pah! Das ist doch was für Alte!"

„Wow!" Elias war sprachlos. „Du bist ja echt wild!"

„Wenn es nicht anders geht!" Kurt lehnte sich zurück. „Das Z war mir ein Vergnügen."

Elias grinste zu Luna hinüber. „Mensch, Kurt. Dann bist du ja jetzt sozusagen bei uns im Club. Weißt du denn überhaupt schon, dass ich endlich herausbekommen habe, wer unser Zorro ist?"

Kurt schaute überrascht. „Wirklich, hast du?"

Luna starrte plötzlich unbeteiligt aus dem Fenster.

„Aber sie gibt es einfach nicht zu", fuhr Elias mit einem Seitenblick fort.

„Ah? Eine Sie?“, bohrte Kurt nach. „Eine Zorroline?“

Ein kleines Lächeln umspielte Lunas Lippen, doch sie tat immer noch, als ginge sie das Ganze nichts an.

„Ist sie … im Raum?“, flüsterte Kurt und machte ein schlaues Gesicht.

„Möglich“, sagte Luna und streichelte Benko.

Kurt grinste. „Ich sag nichts.“

„Zorros Rache würde auch gewaltig sein!“, drohte Luna.

Sie lachten.

„Elias?“, hörten sie Mama von unten rufen. „Seid ihr in deinem Zimmer?“

„Äh – ja!“, rief Elias zurück.

„Der Hund auch?“

„Der auch“, antwortete Elias. Wenn sie wüsste, welches Geheimnis sie hatten!

„Ist noch jemand im Zimmer?“

„Ja“, rief Elias.

Kurt machte ihnen entsetzt Zeichen. „Verratet mich nicht!“, flüsterte er.

„Luna natürlich“, rief Elias.

„Aber da war so eine tiefe Stimme!“ Mama klang misstrauisch.

„Wir … äh, spielen Stimmenraten“, erwiderte Luna.

„Ach so“, machte Mama. Dann fügte sie hinzu: „Ihr könnt in einer Minute zum Essen kommen. Papa muss auch jeden Moment da sein!“

„Wir kommen gleich“, rief Elias.

„Aber der Hund muss im Zimmer bleiben“, schob Mama nach.

„Es riecht verdammt gut“, flüsterte Kurt. „Ich habe seit dem Mittagessen nichts mehr in den Magen bekommen. Und das war um halb elf und es war abscheulich.“

„Wir bringen dir was hoch“, versprach Luna. „Das ist doch klar!“

Kurt sah sie dankbar an. „Wenn ich euch nicht hätte, wäre ich verloren.“

Was nun folgte, war ein sehr wunderliches Abendessen.

Papa, der ein paar Minuten später pfeifend in die Küche trat, wunderte sich als Erstes, weil Mama doch tatsächlich erlaubt hatte, dass ein Hund ins Haus kam, zumindest für ein paar Tage. Und dass der Hund so brav war, allein im Kinderzimmer zu bleiben.

Dann wunderte Mama sich, dass Elias, obwohl er schon eine ganze Portion Bratkartoffeln verdrückt hatte, sich auch noch zwei Käsebrote schmierte, und auch Luna schien noch Hunger zu haben und fragte, ob sie noch etwas Obst haben könnte.

„Wegen der Gesundheitswoche in der Schule“, mutmaßte Papa, woraufhin Luna sich wunderte, welche Gesundheitswoche er denn meinte, denn sie wusste ja nichts von Elias’ Müsliausrede am Morgen.

„Können wir die Brote mit in mein Zimmer nehmen?“, fragte Elias und fügte schnell hinzu: „Luna wollte mir noch eine letzte Matheaufgabe erklären.“

Da wunderte sich wiederum Mama, dass Elias plötzlich so unglaublich eifrig lernte, aber Papa sagte, das sei nun mal so, wenn man die nötige Motivation habe, und ein so nettes Mädchen wie Luna sei eben eine echte Motivation. Elias vermutete dahinter eine Anspielung, aber es war ihm egal. Hauptsache, sie durften endlich wieder nach oben – mitsamt dem Essen.

Anschließend wunderten Mama und Papa sich gemeinsam darüber, dass Elias Luna auch noch schnell die Fahrräder zeigen wollte, die immer noch im Garten standen, wobei die Kinder eine Viertelstunde lang im Schuppen verschwanden, bevor sie wieder hoch ins Kinderzimmer liefen. Und dann musste Elias noch einmal in die Küche zurück, um Essensnachschub zu holen, weil Kurt seine Brotzeit mit Heißhunger verschlungen hatte.

„Ihr verfüttert aber nicht das gute Brot an den Hund?", fragte Mama argwöhnisch, doch Elias zeigte ihr die Hundefutterdosen, die sie im *Futtertrog* gekauft hatten, und da war sie beruhigt.

„Das Dumme ist nur", meinte Kurt, als er die vierte Brotscheibe und zwei Äpfel gegessen hatte, „dass man nicht immer nur weglaufen kann. Man muss ja auch irgendwo hinlaufen."

„Warum sagst du nicht einfach deinem Neffen die Meinung und vertreibst ihn?", fragte Luna. „Es ist ja immerhin dein Haus."

„Das traue ich mich nicht“, murmelte Kurt. „Wenn er den Arzt beschwatzt und der ihm bescheinigt, dass ich verwirrt bin, dann fragen sie den Neffen am Ende noch, ob er nicht mein Vormund sein will, und dann ist alles aus.“

„Was ist ein Vormund?“, wollte Elias wissen.

„Einer, der über Leute bestimmen kann, die selbst nichts mehr regeln können“, erklärte Kurt.

„Er hat jetzt schon so getan, als könnte er über alles bestimmen“, meinte Luna nachdenklich.

Und dann erzählten sie Kurt von den fremden Männern in seinem Garten und wie sie Schnibbel und die Hühner gerettet hatten und wie sie zum Tierheim gefahren waren, und mit jedem Satz sah Kurt ein wenig zerknautschter und sorgenvoller aus, und immer und immer wieder schüttelte er den Kopf, als könnte er das alles nicht glauben.

„Heute Nacht bleibst du erst mal hier“, sagte Luna bestimmt.

„Das ist echt der Knaller“, sagte Kurt erfreut.

„Äh – in meinem Zimmer?“, fragte Elias, überrascht darüber, dass Luna über seine Sachen verfügte.

„Siehst du ein anderes?“, erwiderte Luna.

„Nein, aber …“

Elias hielt inne.

Wie soll das gehen?, hatte er fragen wollen. Ich habe kein zweites Bett, hatte er sagen wollen. Mama und Papa würden es verbieten, hatte er noch hinzufügen wollen. Aber er wusste, dass das alles nicht zählte. Dass es nicht die richtigen Antworten auf ihr Problem waren.

Keine Zorro-Antworten.

Er seufzte.

„Irgendwie geht das schon“, sagte er schließlich. „Ich habe zwar kein zweites Bett, aber wir haben eine Luftmatratze im Keller. Und Mama und Papa werden schon nichts merken. Mama hat ja gesagt, sie betritt mein Zimmer nicht, solange der Hund da ist.“

„Elias sucht dir ein paar schöne Klamotten von seinem Vater raus, dann hast du auch wieder was Anständiges zum Anziehen“, sagte Luna und tätschelte Kurt die Schulter. „Stimmt’s, Elias?“

„Das wollte ich schon die ganze Zeit“, beeilte Elias sich zu sagen, und während Luna Schmiere stand, besorgte er aus Papas Schrank eine Jeans, T-Shirt, Pulli und Socken, holte aus dem Keller die Luftmatratze und aus der großen Kommode im Flur eine dicke Wolldecke, und so verwandelte sich nach und nach Kurt wieder in einen normal angezogenen Menschen … und das Kinderzimmer in ein Hotel.

Dann musste Luna leider gehen, und Mama wunderte sich nur ein bisschen, als Elias ihr sagte, dass sie ihm heute auch nichts vorzulesen brauche, er sei jetzt echt fix und fertig. Er gab ihr und Papa schnell unten im Wohnzimmer einen Gutenachtkuss, bevor sie auf die Idee kamen, noch einmal nach ihm zu schauen.

„Es lässt die Kinder wachsen, wenn sie sich um ein Haustier kümmern müssen", sagte Papa mit einem Seitenblick zu Mama.

„Klar", sagte Elias und schaute weg, weil das Schwindeln immer noch ziemlich ungewohnt war. Dann sagte er, dass er jetzt aber schnell zu seinem neuen Zimmergenossen wolle, damit der sich leichter eingewöhne.

Der andere Zimmergenosse, der mit dem weißen Bart, lag ganz still, als Elias zurückkam. Er hatte sich auf der Luftmatratze ausgestreckt und schaute sorgenvoll auf das Zorro-Kostüm, das immer noch in der Ecke lag.

„Kurt", flüsterte Elias. „Ist alles klar bei dir?"

„Den Umständen entsprechend", flüsterte Kurt zurück.

„Du hast aber keine Herzschmerzen oder so was?", fragte Elias ängstlich. Nicht, dass Kurt doch besser ins Krankenhaus gehörte!

„Wie man es nimmt", murmelte Kurt. „Wenn ich an mein Haus und an die ganzen Ungerechtigkeiten denke, dann tut mir das Herz schon weh."

„Ach so." Elias zog sich die Decke bis zum Kinn.

Ihm war das ja auch alles nicht besonders geheuer. Wo sollte das hinführen? Es war nicht einfach, die Welt zu retten.

„Gute Nacht", flüsterte er.

„Gute Nacht, mein Kleiner", kam es zurück.

Benko winselte leise.

Telefonate

„Du hast ganz schön geschnarcht", sagte Papa am Morgen.

„Ich?" Elias verschluckte sich fast an seinem Müsli.

Mama hatte schon wieder Frühschicht, sie saßen zu zweit am Frühstückstisch. Elias hatte sich den Wecker extra eine halbe Stunde eher als sonst gestellt. Nicht, dass Papa auf die Idee kam, ihn zu wecken …

„Äh …" Elias versuchte, durch die Nase zu sprechen. „Ich hab auch etwas Schnupfen."

Mama hatte schon öfter behauptet, er würde schnarchen, wenn er erkältet war. Er selbst hatte das aber noch nie gehört. Natürlich nicht. Er schlief ja immer, während er angeblich schnarchte.

„Schnupfen?" Papa sah ihn überrascht an. „Da musst du aber einen schlimmen Schnupfen erwischt haben, wenn du gleich so laut schnarchst!"

Elias zögerte. „Dann war es der Hund!" Diese Ausrede würde noch besser klingen als ein angeblicher Schnupfen. „Jetzt erinnere ich mich: Ich bin auch zwei Mal aufgewacht, weil es so laut war."

Das stimmte sogar. Nur war es eindeutig nicht Benko gewesen, der so laut geschnarcht hatte.

Papa schüttelte den Kopf. „Da hast du dir ja was aufgehalst! Einen schnarchenden Hund!"

Glücklicherweise begannen im Radio gerade die Nachrichten und Papa wollte zuhören.

Auch Elias spitzte die Ohren. Er hatte oben im ersten Stock Schritte gehört, dic kcine Hundeschritte gewesen waren. Mist. Hoffentlich hielt Kurt sich an die Abmachung. Elias hatte ihm eingeschärft, ruhig im Zimmer liegen zu bleiben und erst ins Bad zu gehen, wenn auch Papa das Haus verlassen hatte. Kurt hatte brav genickt. Warum war er nun doch schon unterwegs?

„Wann pumpst du eigentlich die Räder auf und räumst sie zurück in den Schuppen?", riss Papa ihn aus den Gedanken.

Elias blinzelte ihn verwirrt an. „Die Räder?"

„Dann könnten wir nämlich die Terrasse auch mal wieder nutzen", fuhr Papa fort. „Solange die Sonne so schön scheint."

Die Wetterfrau im Radio kündigte gerade herrliches Frühsommerwetter an.

„Mach ich bald", sagte Elias schnell, „vielleicht schon heute."

Puh! Er würde sich eine neue Ausrede einfallen lassen müssen. Denn die Räder und die Hühner passten einfach nicht gemeinsam in den Schuppen. Während er noch nachdachte, drang plötzlich zweierlei in sein Bewusstsein: Oben im ersten Stock rauschte die Klospülung. Und im Radio war von einem Kurt die Rede!

Papa schien die Klospülung nicht bemerkt zu haben, hielt sein Ohr aber nah ans Radio.

„… hier noch eine Meldung der Polizei: Seit gestern Nachmittag wird der 76-jährige Kurt Biller vermisst. Der offenbar verwirrte Senior ist aus dem Krankenhaus verschwunden und irrt vermutlich in Krankenhauskleidung durch die Stadt …“

Papa wandte sich überrascht zu Elias. „Hast du das auch gehört?“

Elias nickte. „Heißt das, die Polizei sucht nach ihm?“

„Muss wohl so sein. Das ist doch dein Kurt, um den es da geht, oder?“, fragte Papa besorgt. „Was macht der denn für Sachen?“

Elias zuckte betont gleichgültig die Achseln. „Vielleicht hat es ihm im Krankenhaus nicht gefallen! Oder er hat sich wieder fit gefühlt und wollte nach Hause.“

„Oder er ist wirklich viel verwirrter, als wir uns das vorstellen können.“ Papa strich Elias über die Haare. „Könnte sein, dass der Hund doch länger bei uns bleibt als gedacht.“

„Kurt ist nicht verwirrt“, widersprach Elias.

Papa seufzte. „Soll ich noch schnell mit dem Hund rausgehen, während du zur Schule fährst? Ich hab noch eine halbe Stunde, bevor ich in die Redaktion muss.“

Elias starrte ihn entsetzt an. „Bloß nicht!“

„Wie meinst du das?“, fragte Papa überrascht.

„Du – äh, du sollst dich um gar nichts kümmern müssen! Das war doch abgemacht! Ich manage das alles. Ihr braucht euch keine Arbeit zu machen.“

Papa zuckte die Achseln. „Schon gut! Es war nur nett gemeint.“

Elias schluckte. „Ich … ich war eben schon mit Benko im Garten. Und während ich in der Schule bin, kann nichts passieren. Ich habe die Kinderzimmertür abgeschlossen. Sobald ich aus habe, geh ich mit ihm wieder Gassi!“

Dass der Schlüssel von innen in der Kinderzimmertür steckte und dass es Kurt gewesen war, der abgeschlossen hatte, musste Papa ja nicht wissen.

„Alles klar“, erwiderte Papa. „Du brauchst dich nicht aufzuregen. Das darfst du gern alles machen.“

„Ich rege mich gar nicht auf!“, rief Elias, blickte auf seine Armbanduhr und sprang auf. „Ich muss los!“

Noch vor der Schule fing Luna ihn ab.

„Und?“, fragte sie leise.

„Kurt wird polizeilich gesucht“, sprudelte es aus Elias heraus.

„Was?“ Luna starrte ihn an.

Elias nickte. „Und vor seinem Haus hat der Neffe ein Schild angebracht. Ein *Zu-verkaufen*-Schild! Mit Telefonnummer! Hier – ich habe sie abgeschrieben!“

Elias wäre fast vom Rad gefallen, als er es bemerkt hatte. Der Neffe ließ nichts anbrennen.

Luna ballte die Fäuste. „Dann dürfen wir keine Zeit verlieren.“

„Ja.“ Elias dachte nach. „Aber was können wir schon tun?“

„Sofort umkehren und Kurt helfen!“

Er glaubte, nicht richtig gehört zu haben. „Wie meinst du das: *sofort?*“

„Sofort heißt sofort“, schnaubte Luna und drehte ihn am Schulranzen um wie einen dicken Käfer. „Heute muss die Schöller auf uns verzichten.“

„Wir sollen – Schule schwänzen?“

„Wir müssen!“

Elias lief es wieder mal heiß und kalt den Rücken runter. „Aber was, wenn das rauskommt?“

„Wir müssen eben geschickt vorgehen, damit es *nicht* rauskommt“, rief Luna und schubste ihn zurück zu seinem Fahrrad. „Als Erstes sollten wir daher so schnell wie möglich vom Schulhof verschwinden.“

Elias gehorchte mechanisch. „Man muss im Sekretariat anrufen und sich abmelden“, wagte er einzuwenden.

„Das sollte das geringste Problem sein“, hörte er Luna. „Ich regle das. Ich rufe mit verstellter Stimme an. Hast du sturmfrei?“

Elias sah auf die Uhr und nickte. Papa müsste inzwischen zur Arbeit gefahren sein.

„Gut! Dann auf in den Kampf! Wir fahren zu dir!"

Sie klingelten dreimal und versteckten sich vorsichtshalber hinter der Hecke. Nur für den Fall, dass Papa doch noch da war. Erst als auch nach dem dritten Klingeln niemand öffnete, sperrte Elias auf. Benko bellte.

„Wir sind es", rief Elias. „Luna und Elias." Nicht, dass Kurt wieder einen Schreck bekam!

„Habt ihr schon Schule aus?", ertönte Kurts Stimme aus der Küche. Es roch nach frischem Kaffee. „Ich wollte doch gerade erst frühstücken."

„Es war heute ... nur kurz Unterricht", antwortete Elias ausweichend.

Kurt saß in Papas Jeans und Hemd am Küchentisch und schlürfte eine Tasse Kaffee. „Ihr schwänzt", stellte er fest. „Aber nicht wegen mir, oder?"

„Doch", sagte Luna ernst und setzte sich neben ihn. „Erstens wirst du schon polizeilich gesucht. Und zweitens will dein lieber, netter Neffe dein Haus so schnell wie möglich verkaufen. Wir haben keine Zeit zu verlieren."

Kurt setzte die Kaffeetasse ab und atmete tief durch.

„Aber bitte bekomm keinen Schreck", fügte Elias rasch hinzu.

Kurt schüttelte den Kopf. „Langsam gewöhne ich mich an die Aufregung." Ein wenig blass sah er jedoch schon aus. „Was schlagt ihr denn vor?"

„Erst mal muss ich in der Schule anrufen“, stellte Luna fest. „Wo ist euer Telefon?“

Elias reichte es ihr. „Aber pass auf, dass man deine Stimme nicht erkennt! Die Nummer ist eingespeichert.“

Luna räusperte sich und drückte auf Wählen. „Guten Morgen“, sagte sie nach einer Weile mit überraschend tiefer Stimme. „Leider ist mein Sohn Elias heute krank. – Bitte? – Aus der 5c. – Bitte? Nachname? Äh –“ Sie zögerte kurz.

„Rosenbaum“, flüsterte Elias hastig.

„Rosenbaum natürlich“, fuhr Luna fort. „Danke, ja, das richte ich aus!“ Sie legte auf und grinste. „Gute Besserung, soll ich sagen!“

Elias war allerdings nicht nach Scherzen zumute. Schule schwänzen! So langsam wurde ihm das alles doch ein wenig zu abenteuerlich.

„Und du?“, fragte er Luna. „Wer entschuldigt dich? Ich kann leider nicht so gut die Stimme verstellen.“

„Stimmt“, murmelte Luna. „Mich selbst habe ich ja ganz vergessen.“

„Ich könnte doch anrufen“, schlug Kurt vor.

Lunas Miene hellte sich wieder auf. „Super! Mein Name ist Luna Penello und ich gehe auch in die 5c.“

„Das musst du mir aufschreiben“, sagte Kurt. Und dann riefen sie noch einmal in der Schule an und Kurt entschuldigte Luna auf höchst professionelle Weise: „Meine Tochter heißt Luna Penello“, las er ab, „und geht in die 5c. Und sie ist heute krank.“

Auch dieser Anruf klang sehr glaubwürdig.

„Sie haben es geschluckt“, sagte Kurt zufrieden, als er sich wieder den Kindern zuwandte. „Und jetzt?“

„Jetzt werden wir dein Haus zurückerobern!“, sagte Luna.

Kurt machte ein nachdenkliches Gesicht. „Aber ich kann nicht nach draußen gehen, wenn die Polizei mich sucht. Ich komme mir schon ganz und gar wie ein Verbrecher vor.“

„Wir sind doch die Guten“, sagte Luna.

„Weiß ich ja“, murmelte Kurt. „Wir sind die Zorros. Aber die Polizei weiß es nicht.“

Elias überlegte. „Warte mal. Ich könnte im Krankenhaus anrufen und melden, dass Kurt wieder aufgetaucht ist. Ich könnte sagen, dass es ihm gut geht und dass sie die Vermisstenmeldung zurückziehen können.“

„Aber wer wird dir das einfach so glauben und nicht nachfragen?“ Luna sah ihn zweifelnd an.

Elias dachte an Christel. Sie würde sicher am Empfang sitzen wie jeden Tag. „Ich habe da so meine Kontakte“, sagte er daher und griff wieder zum Telefon.

Christel weigerte sich jedoch zuerst, ihm zu glauben. Elias musste ein bisschen ausholen.

„Nein, Junge, das glaub ich nicht“, sagte sie wieder und wieder, und Elias musste zugeben, dass es etwas märchenhaft klang, was er ihr da präsentierte: Ein Patient, der von seinem Neffen erst erschreckt, dann ins Krankenhaus gebracht und dort für verwirrt erklärt

wird – das klang schon reichlich komisch. Aber dass dieser Patient überhaupt nicht verwirrt war, obwohl er sein Bett mit mintgrüner Zahnpasta beschmiert hatte und danach aus dem Krankenhaus geflohen war – das klang noch wilder.

„Gib ihn mir“, verlangte Christel schließlich. „Wenn ich dir glauben soll, dass dein Kurt wirklich unversehrt wieder aufgetaucht ist und außerdem nicht verwirrt ist, dann gib ihn mir!“

Elias reichte den Hörer weiter. „Kurt, bitte rede so normal wie möglich mit Christel."

Kurt nickte. „Guten Tag", flötete er ins Telefon. „Mein Name ist Kurt Biller und ich bin wieder aufgetaucht."

Er hielt die Muschel zu. „Gut so?"

Elias nickte. „Los, weiter!"

„Wie? – Nein, ich wollte keine Aufregung verursachen, ich hasse nur Spinat …"

Luna und Elias wechselten einen Blick. Besser, Christel stellte nicht allzu viele Fragen. Und am allerbesten, wenn sie sich nicht fragte, warum Elias nicht in der Schule war.

„… ja, ich wäre Ihnen sehr verbunden, wenn Sie einfach der Polizei Bescheid geben, dass niemand mehr nach mir suchen muss! – Wo ich mich zurzeit aufhalte? Äh …" Kurt machte eine Pause, dann holte er tief Luft. „Natürlich zu Hause, wo sonst! Nein, ich fühle mich ganz wohl. – Ja, ich habe mich selbst aus dem Krankenhaus entlassen, auf meine eigene Verantwortung. Auf Wiederhören!"

Zufrieden gab er Elias das Telefon zurück. „So, das dürfte zumindest geklärt sein."

Luna nickte grimmig. „Dann können wir uns jetzt endlich dem Neffen zuwenden!"

Der Plan

Sie diskutierten eine Stunde lang hin und her.

„Die anderen haben jetzt schon große Pause“, sagte Elias mit einem Blick auf die Uhr.

Es war nicht so einfach, einen Plan zu fassen. Kurt weigerte sich, seinen Neffen zur Rede zu stellen. „Wer mich einmal ins Krankenhaus bringt, tut das auch ein zweites Mal“, sagte er. „Es ist sicherlich nicht jeder so leicht zu überzeugen wie diese Christel.“

Und was konnten Elias und Luna allein schon ausrichten? Sie hatten ja nichts gegen den Neffen in der Hand.

„Dann müssen wir eben etwas gegen ihn in die Hand bekommen“, meinte Luna schließlich.

„Und wie?“, fragte Elias wohl zum zehnten Mal.

„Hast du nicht seine Nummer aufgeschrieben?“, fragte Luna. „Die Nummer, unter der er das Haus verkaufen will?“

Elias kramte einen Zettel aus der Hosentasche. „Hier!“

„Wir rufen ihn an und tun so, als ob wir das Haus

kaufen wollen. Und dann stellen wir ihm Fangfragen", bestimmte Luna.

„Wenn du das Fangfragenstellen übernimmst", meinte Elias und lächelte schief.

Luna nickte langsam. „Wir müssen herausfinden, wie er tickt", murmelte sie. „Wir brauchen Schwachstellen."

Und so reichte Elias ihr noch einmal das Telefon.

Der Neffe ging sofort dran. „Ja?"

Luna räusperte sich. „Guten Tag, Penello ist mein Name."

Elias stellte das Telefon auf laut.

„Und?", schallte es aus dem Hörer.

„Sie wollen Ihr Haus verkaufen, habe ich gelesen", sagte Luna mit extratiefer Stimme und zwinkerte den anderen zu. „Stimmt das?"

Der Neffe wurde sofort deutlich höflicher. „Ja, das ist ganz richtig."

Elias stupste Luna an. „Frag nach Kurt."

Luna nickte. „Aber sagen Sie, soweit ich weiß, ist das Haus doch noch bewohnt!"

Der Neffe schien zu stutzen. „Da irren Sie sich", kam es dann aus dem Hörer. „Ich bin der Erbe."

Kurt drohte mit dem Zeigefinger. „Von wegen Erbe! Ich werde mein Testament ändern, sobald ich es wiederfinde!"

„Oh, das tut mir leid. Ein Todesfall?", fragte Luna ungerührt weiter.

„Genau“, log der Neffe.

„Das muss aber plötzlich passiert sein!“ Luna ließ nicht locker. „Ich meine, dass ich den alten Herrn erst vorgestern noch im Garten gesehen hätte.“

„Das kann uns ja jetzt ganz egal sein! Wollen Sie meinen Onkel oder mein Haus kaufen?“, tönte es aus dem Hörer.

„Ihr Haus natürlich“, erwiderte Luna. „Wenn es denn Ihr Haus ist.“

„Pah, ich kann Ihnen das Testament zeigen, wenn Sie wollen“, rief der Neffe.

„Oh, oh!“, zischte Kurt erbost. „Der Kerl hat es gefunden? Ich hatte es doch so gut versteckt, dass ich selbst nicht mehr wusste, wo!“

„Wollen Sie sich das Haus jetzt anschauen oder nicht?“, kam es unwirsch aus dem Telefon.

„Los, sag zu“, flüsterte Elias.

„Unbedingt“, sagte Luna wieder mit ihrer tiefen Stimme.

„Dann kommen Sie um 15 Uhr vorbei“, sagte der Neffe. „Können Sie sich das einrichten?“

Luna warf Elias einen Blick zu. Der nickte.

„Einverstanden“, antwortete Luna. „Ich werde da sein.“

Sie legte auf.

„So ein gemeiner Hund“, rief Kurt. „Der zieht mir mein Haus unter dem Hintern weg und tut so, als sei ich schon unter der Erde!“

In diesem Moment drehte sich ein Schlüssel in der Haustür und alle verstummten schlagartig.

Schritte.

Schritte im Flur.

„Elias?"

Das war Papa!

Mist!

Elias warf einen entsetzten Blick in die Runde. Zum Verstecken war es zu spät. Drei Leute passten nicht unter den Küchentisch.

„Elias, ich weiß, dass du da bist. Ich habe mit der Schule telefoniert."

„Wieso telefonierst du mit der Schule?", entfuhr es Elias. Sofort biss er sich auf die Lippen. Hätte er doch stillgehalten! Vielleicht wäre Papa dann einfach wieder gegangen.

Er hörte ihn im Flur auflachen. „Ha! Du bist doch da! Hab ich dich überführt. Du schwänzt! Ich habe mit der Schule telefoniert, weil ich einen Termin für die Sprechstunde ausmachen wollte, wegen Mathe, du weißt schon. Das hatten wir doch besprochen."

Seine Stimme kam näher.

Luna schien zu überlegen, ob sie in die Spülmaschine passte. Aber Kurt würde sich sowieso nicht verstecken können …

„Und wie es der Zufall will, verrät mir die Sekretärin, dass du heute krank bist … und da dachte ich, ich schau mal nach, was das ganze Theater soll …"

Papa trat in die Küche und hielt inne. Wortlos schaute er von Elias zu Luna und von Luna zu Kurt.

„Guten Tag", krächzte Kurt höflich.

Luna und Elias sagten nichts.

„Äh – Kurt! Du … du trägst ja meine Hose!" Papa ließ sich auf einen Stuhl sinken. „Hatten sie im Radio doch recht und du bist verwirrt?"

„Ist er nicht, Papa", mischte sich Elias ein. „Ich habe ihm die Hose rausgesucht."

„Ich gebe sie wieder zurück“, beteuerte Kurt. „Ich hatte nur gerade keine dabei.“

„Jetzt bin *ich* allerdings verwirrt“, murmelte Papa. „Ich hatte gedacht, Elias wollte unbedingt mit seinem neuen Hund zu Hause bleiben und riskiert deshalb sogar einen Verweis. Aber jetzt blicke ich nicht mehr durch.“ Er wandte sich an Luna. „Schwänzt du etwa auch?“

„Es ging nicht anders“, erwiderte Luna. „Es geht um Leben und Tod!“

Papa kratzte sich am Kopf. „Ich glaube, ich steh auf dem Schlauch. Kurt, warum bist du hier, wo du doch vermisst bist? Und wieso geht es um Leben und Tod?!“

Kurt holte tief Luft und wollte schon etwas erwidern, aber Elias unterbrach ihn. „Papa, wir brauchen deine Hilfe. Hast du heute um 15 Uhr Zeit?“

„Was?“ Papa starrte ihn an.

Luna und Kurt ebenfalls.

„Um 15 Uhr musst du Kurts Haus kaufen“, fügte Elias hinzu.

„Wie?“, machte Papa.

„Oder zumindest so tun“, verbesserte sich Elias.

„Hast du einen Plan?“, fragte Luna verblüfft.

Elias nickte.

„Kann mich bitte irgendjemand mal aufklären, was hier gespielt wird, bevor ich Teil irgendeines Plans werde?“, rief Papa verzweifelt.

„Gut“, nickte Elias. „Es ist aber kompliziert.“

„Und kein Wort von Z", zischte Luna.

„Natürlich nicht", murmelte Elias. Er war fast beleidigt, dass sie ihm einen solchen Vertrauensbruch zutraute. „Also, Papa, pass auf!"

Und dann versuchten sie zu dritt, Papa alles zu erklären. Sie mussten wieder ein bisschen ausholen.

„Nein, das glaub ich nicht", sagte jetzt auch Papa wieder und wieder, und Elias musste einmal mehr zugeben, dass es wirklich alles etwas unglaubwürdig klang.

„Und?", fragte Elias schließlich zum zweiten Mal. „Hast du um 15 Uhr Zeit?"

Papa zögerte. „Ich verstehe bloß nicht, was das bringen soll, wenn ich so tue, als würde ich das Haus kaufen wollen."

„Na, ganz einfach", sagte Elias. „Wir brauchen einen Zeugen. Vor einem Zeugen muss klar werden, welches Spiel der Neffe spielt, damit er Kurt nicht einfach wieder ins Krankenhaus stecken kann oder ihn sogar für verrückt erklärt."

„Und dein Papa ist der Zeuge!", rief Luna begeistert. „Ich verstehe! Kurt kommt wie zufällig auch dazu, während der Neffe sein Haus verkauft und behauptet, dass es ihm gehört. Und der ganze Plan fliegt auf!"

„Wo komme ich wie zufällig dazu?", fragte Kurt besorgt und klang mit einem Mal tatsächlich ziemlich verwirrt.

„Noch mal zum Mitschreiben", wiederholte Elias.

„Um 15 Uhr tritt Papa auf und tut so, als ob er Kurts Haus kaufen wollen würde. Dann tritt Kurt auf und stellt den Neffen zur Rede, was das soll. Der kann dann nicht länger behaupten, dass Kurt tot ist, und ihn einfach für verwirrt erklären, und abtransportieren lassen kann er ihn auch nicht, weil Papa ja da ist! Und Papa ist sogar noch Journalist!"

„Stimmt", sagte Luna. „Wenn der Neffe uns blöd kommt, kann er morgen von seinem Betrug in der Zeitung lesen!"

Papa seufzte. „Also, so ganz überzeugt bin ich ja nicht, ob das alles stimmt, was ihr euch da zusammenreimt."

„Ehrlich, Papa", sagte Elias eindringlich, „würde ich sonst die Schule schwänzen? Es ist wirklich ein Notfall!"

Papa warf einen Blick in die Runde. Dann grinste er. „Ihr seid mir so eine Bande! Ich komme mir ja vor wie Robin Hood. Oder wie Zorro!"

Wenn du wüsstest, dachte Elias. Wenn du wüsstest!

Lippenstift

Sie hatten den Plan mehrmals durchgesprochen. Luna und Elias wollten sich im Garten verstecken, und Papa würde das Fenster wie zufällig öffnen, damit sie lauschen konnten. Wenn der Zeitpunkt günstig wäre, würden sie Kurt hereinschicken. Und dann würde der Neffe alles zugeben müssen und sich nicht trauen, Kurt wieder ins Krankenhaus bringen zu lassen!

Mama war noch arbeiten und hatte keine Ahnung, dass sich eine Bande voller Zorros auf den Weg gemacht hatte.

Um 14 Uhr 45 ging Papa vor Kurts Haus auf und ab. Drohend stand das *Zu-verkaufen*-Schild im Blumenbeet. Elias und Luna waren von der anderen Seite über den Zaun in den Garten geklettert und hatten sich zwischen Hühnerstall und Küchenfenster versteckt.

Um 14 Uhr 50 winkten sie Papa von ihrem Versteck aus beruhigend zu. Vom Neffen war noch keine Spur zu sehen. Ob er schon im Haus wartete? Elias wagte einen Blick durchs Fenster in die Küche. Was er sah, verschlug ihm beinahe die Sprache. Drinnen war alles durcheinandergeworfen! Die Zeitungsstapel waren umgestoßen, die Bücher lagen kreuz und quer auf dem Boden herum und alle Mappen und Ordner waren aufgeblättert.

„Schau mal, so ein Chaos!"

„Vielleicht hat der Neffe das Testament gesucht", mutmaßte Luna, als sie ihm über die Schulter spähte.

„Und offenbar hat er es auch gefunden", flüsterte Elias. „So selbstsicher, wie er auftritt. Hätte Kurt ihn doch nicht schon zum Erben erklärt!"

„Pst", machte Luna und duckte sich. „Ein Auto."

Es war 14 Uhr 55. Der Neffe fuhr vor.

Papa hob grüßend die Hand.

„Am Telefon klangen Sie wie eine Frau", hörten sie den Neffen verwundert sagen.

Papa hatte zum Glück sofort eine Erklärung parat. „Ja, meine Frau kommt später, die hatte noch einen Termin."

Papa konnte also auch lügen, wenn es notwendig war!

Der Neffe schlug die Autotür zu. „Ach so."

„Können wir reingehen?", fragte Papa.

„Gerne, gerne", sagte der Neffe geschäftig. Die beiden durchquerten den Vorgarten und verschwanden im Haus. Dann hörten sie eine Weile nichts mehr, bis schließlich das Küchenfenster über ihren Köpfen geöffnet wurde.

„Danke", sagte Papa. „Frische Luft tut gut."

„Sie müssen entschuldigen", kam die Stimme des Neffen von irgendwo da drin, „ich habe noch nicht aufräumen können. Mein Onkel – äh, der alte Mann, der hier gewohnt hat, war schon sehr verwirrt, wie Sie sehen, und hat hier eine große Unordnung veranstaltet. So kann man doch nicht leben!"

Elias ballte die Fäuste. Was der Neffe alles behauptete! Oder hatte Kurt am Ende wirklich selbst seine Sachen durcheinandergeworfen? Nein – das würde er nicht machen.

„Woran ist Ihr Onkel denn gestorben?", hörten sie Papa sagen. Sie hatten ihm eingeschärft, unbedingt danach zu fragen, und waren stolz auf ihn, dass er ihren Anweisungen so gekonnt folgte.

„Am Herzen", log der Neffe ohne Zögern.

„Das ist ein guter Moment für Kurts Auftritt", murmelte Elias, schlüpfte zum Gartenzaun und winkte Kurt, der um die Ecke wartete.

Kurt hob die Hand, holte tief Luft und wackelte dann entschlossen auf die Haustür zu, dicht gefolgt von Benko, der leise knurrte.

Der Neffe lobte gerade die gute Bausubstanz der Wände, als er plötzlich verstummte. Sie hörten die Tür aufgehen.

Dann hörten sie Benko bellen.

Und dann hörten sie Kurt selbst. „Was ist da los in meinem Haus?"

Stille.

„Onkel", stammelte der Neffe.

Elias versuchte, sich sein Gesicht vorzustellen, und unterdrückte ein Lachen.

„Wie ich lese, willst du mein Haus verkaufen?", fuhr Kurt fort.

Kurzes Schweigen.

Dann Papa: „Ist es denn nicht zu verkaufen?"

„Nein, das ist es nicht", sagte Kurt mit besonders lauter Stimme.

„Aber, Onkel", mischte sich nun wieder der Neffe ein. „Hast du denn schon wieder alles vergessen? Sie müssen entschuldigen", wandte er sich an Papa, „mein Onkel ist leider sehr verwirrt."

Der Neffe war wirklich geschickt. Er ließ sich jedenfalls nicht so leicht aus der Ruhe bringen.

„Sind Sie sicher?", fragte Papa. „Sagten Sie nicht, er sei verstorben?"

„Das müssen Sie falsch verstanden haben", erwiderte der Neffe heiser. „Verwirrt, nicht verstorben."

„Das kannst du doch nicht einfach so behaupten", widersprach Kurt, „dass ich verwirrt bin!"

„Das behaupte ich ja auch gar nicht, das sagen die Ärzte, mein Lieber. Ich werde gleich im Krankenhaus anrufen, damit sie dich wieder einfangen – äh – einweisen."

Der Neffe schien das Handy zu zücken.

Elias und Luna sahen sich verzweifelt an. Das lief ganz und gar nicht nach Plan!

„Ich bin mir aber sicher, dass Sie vorhin gesagt haben, der Eigentümer sei gestorben“, beharrte Papa. „Kann es sein, dass ich hier gerade Zeuge werde, wie Sie Ihren eigenen Onkel abschieben wollen?“

„Na, das war eben vereinfacht ausgedrückt“, erwiderte der Neffe. „Manche schämen sich dafür, dass sie dement und vergesslich sind, da wollte ich damit nicht hausieren gehen.“

Er war einfach zu gerissen, er hatte immer eine passende Ausrede!

„Mir wird das Wort im Mund herumgedreht“, sagte Kurt laut, „und dieser Herr hier ist mein Zeuge.“

„Ich bin übrigens Reporter“, sagte Papa.

Doch das scherte den Neffen nicht. Jetzt telefonierte er doch tatsächlich mit dem Krankenhaus und bat darum, schnellstmöglich einen Arzt vorbeizuschicken! „Mein Onkel, der verloren gegangene Patient, Sie wissen schon, ist wieder aufgetaucht und wütet ganz entsetzlich.“

„Ich wüte nicht entsetzlich!“, hörten sie Kurt brüllen.

„Hören Sie es?“, rief der Neffe in sein Handy. „Kommen Sie bitte schnell.“

Elias ballte die Fäuste.

Was, wenn der Arzt wieder auf den Neffen hereinfiel? Das Chaos im Zimmer – Kurt, der einfach so aus dem Krankenhaus abgehauen war …

Auch Papa schien sprachlos.

„So eine Gemeinheit", murmelte Luna.

Elias nickte. „Ich glaube, wir haben uns verrechnet."

„Ich bitte um etwas Geduld", hörten sie den Neffen jetzt ganz förmlich sagen, „wir müssen unser Gespräch später fortsetzen, ich muss mich erst um meinen armen verwirrten Onkel kümmern. Darüber können Sie gerne einen Bericht schreiben, Sie Reporter, Sie."

„Stopp!" Elias hielt es nicht mehr aus und sprang auf.

Luna blieb geduckt unter dem Fenster hocken und stöhnte leise auf.

Der Neffe drehte sich überrascht um. „Wieso stopp?"

Elias zog sich am Fensterbrett hoch und schwang sich in die Küche. „Sie kümmern sich überhaupt nicht um Ihren Onkel, Sie tun nur so! Wir haben Sie schon lange beobachtet. Ich bin auch ein Zeuge."

„Ach ja?" Der Neffe lächelte falsch. „Und wo willst du das jetzt veröffentlichen? In der Schülerzeitung?" Er schnaubte. „Wer bist du überhaupt?"

„Ich bin Kurts Freund", sagte Elias. Jetzt war ihm alles egal.

„Natürlich. Der Unterm-Tisch-Hocker!" Der Neffe sah ihn schief an. „Wer soll denn dir was glauben?"

Kurt stand inzwischen da wie ein begossener Pudel. „Bitte keinen Arzt! Ich habe diese ganze Unordnung wirklich nicht gemacht, das ist die Wahrheit!"

„Das hast du nur vergessen", sagte der Neffe betont freundlich, dann wandte er sich mit grimmiger Miene an Papa. „Ich weiß nicht genau, was Sie von mir wollen, aber wenn Sie wirklich Journalist sind, dann werden Sie ja wohl verstehen, was eine Diagnose ist. Das ist das, was ein Arzt ganz unvoreingenommen über den Gesundheitszustand eines Patienten sagt. Also, warten wir bitte den Arzt ab."

Wie aufs Stichwort fuhr draußen ein Auto vor.

„Da kommt er schon", stöhnte Kurt.

Sie hörten, wie die Autotür zugeschlagen wurde. Elias merkte, wie er schwitzte. Der ganze schöne Plan war schiefgegangen. Sie hatten Kurt nicht retten können. Sie hatten den Neffen nicht überführen können. Es war einfach zum Schreien!

Schritte näherten sich dem Haus. Dann hielten sie inne.

Papa schaute zu Kurt und zuckte die Schultern. „Gegen so viel Unverfrorenheit bin ich machtlos", murmelte er entschuldigend.

Benko bellte.

„Mensch … Papa! Wir müssen wenigstens versuchen, mit dem Arzt zu reden", forderte Elias.

Papa nickte. „Machen wir. Aber gegen eine medizinische Diagnose kann ich schlecht was sagen. Und auch nichts in der Zeitung schreiben."

Die Schritte schienen sich wieder zu entfernen. War es doch nicht der Arzt gewesen? In der Küche entstand eine unangenehme Pause. Niemand schaute den Neffen an, der leise vor sich hin pfiff.

Kurt probierte es noch einmal. „Hör mal zu, Junge, lass uns doch vernünftig reden."

Der Neffe pfiff einfach weiter und tat so, als hätte er nichts gehört.

Dann läutete es endlich.

Alle zuckten zusammen.

Der Neffe ging in den Flur und öffnete. „Schön, dass Sie endlich da sind. Kommen Sie rein. Mein armer Onkel, erst ein Herzanfall und dann auch noch Verfolgungswahn ..."

„Das ist kein Wahn, das ist die Wahrheit!", rief Kurt aus der Küche, „ich werde wirklich verfolgt."

Doch der Neffe fuhr ungerührt fort: „Schauen Sie, Frau Doktor, das hat er alles verwüstet, der arme Kerl."

Jetzt betrat der Arzt die Küche. Oder vielmehr die Ärztin.

Kurts Protest verstummte.

Elias war sprachlos. Damit hatte er nicht gerechnet. Es war nicht irgendeine Ärztin. Es war – Mama!

Sie warf einen raschen Blick in die Runde, sagte aber nichts.

Nach ein paar Sekunden räusperte Papa sich. „Äh – guten Tag. Ich bin hier, um das Haus zu kaufen. Der Neffe dieses älteren Herrn hat ein Schild aufgestellt und behauptet, der Eigentümer sei verstorben."

Zwinkerte er ihr zu? Wollte er ihr deutlich machen, dass hier etwas faul war?

„Das hatte ich nur so dahingesagt", warf der Neffe

rasch ein. „Hier, sehen Sie, die Papiere. Mein Onkel ist seit gestern aus dem Krankenhaus entlaufen, aber das wissen Sie vermutlich."

„Ja, das weiß ich", sagte Mama abwartend.

„Gut, dass ich ihn entdeckt habe, was?", meinte der Neffe und lachte nervös. „Was in dem Alter alles passieren kann! Vor zwei Tagen war ich zufällig da, als mein armer Onkel einen Herzanfall bekommen hat."

„Weil du mich fast zu Tode erschreckt hast", warf Kurt ein. „Wie oft soll ich das noch sagen."

„Immer mit der Ruhe", sagte Mama und betrachtete Kurt aufmerksam.

„Genau", nickte der Neffe, „untersuchen Sie ihn! Völlig verwirrt, der Kerl. Am besten, Sie schreiben mir gleich eine Vollmacht aus, dass ich mich um alles kümmern darf, ginge das? Sie müssen wissen, ich helfe gern."

„Das kann ich natürlich machen", antwortete Mama.

„Was?", rief Elias, der sich nicht sicher war, ob er vor dem Neffen zugeben sollte, dass die Ärztin seine Mama war.

Hatte sie Papas Zeichen nicht verstanden?

Glaubte sie wirklich diesem schrecklichen Dicken?

Elias winkte ihr zu, aber sie schaute an ihm vorbei. Offenbar sollten sie so tun, als würden sie sich nicht kennen.

„Was soll ich schreiben?", fragte Mama jetzt. „Dement und verwirrt?"

„O ja, das ist ja bewiesen", sagte der Neffe gierig.

„Jähzornig und zu Gemeinheiten bereit?"

„Ja, genau, ich sehe, Sie sind vom Fach", nickte der Neffe wieder und schien immer begeisterter.

„Was?", rief Kurt ganz verzweifelt. „Das stimmt doch alles nicht! Ich hab's doch gleich gewusst. Die Krankenhäusler stecken alle unter einer Decke!"

Elias schwitzte. Wo um alles in der Welt blieb Luna? *Ihr* würde vielleicht noch etwas einfallen.

„Äh – sind Sie sicher, dass Sie die Situation richtig erfassen?", sagte Papa gestelzt zu Mama und zwinkerte noch einmal besonders heftig.

„Und wie ist Ihr Name?", fragte Mama den Neffen ungerührt weiter und ignorierte den Einwand.

Elias fasste es nicht!

„Mein Name ist Hans-Peter Kloß", sagte der Neffe.

„Dann unterschreiben Sie doch bitte hier, dass Sie mit allem einverstanden sind", sagte Mama.

„Halt!", schrie Elias. „Nicht unterschreiben!"

Der Neffe fuhr herum. „Was soll das denn wieder?"

„Das ist alles gelogen!", rief Elias und wandte sich zum Neffen. „Sie haben das Haus selbst verwüstet, geben Sie es doch zu!"

Der lachte auf. „Warum sollte ich das denn tun?"

„Um das Testament zu finden", erklang es plötzlich hinter ihnen und Luna streckte ihren Kopf zum Fenster herein.

Alle drehten sich um.

Eine Sekunde lang herrschte Stille.

Der Neffe bekam rote Flecken im Gesicht. „Noch so ein Kind! Diese Gören!“

Schnell beugte er sich vor und unterschrieb den Zettel, den Elias’ Mama ihm immer noch hinhielt. „So, das hätten wir. Ich bin nämlich der Erbe, müssen Sie wissen, und in der Tat, ich habe das Testament in meinem Besitz und kann Ihnen alles zeigen."

„Ich glaube inzwischen den Kindern", wandte sich Papa rasch an Mama. „Und ich bin selbst Zeuge geworden, wie dem armen Kurt das Wort im Mund herumgedreht wird. Warum hast du das gemacht? Das muss alles eine große Verwechslung sein – verwirrt ist Kurt auf keinen Fall!"

Der Neffe lachte hämisch und schien gar nicht zu bemerken, dass der Interessent für das Haus die Ärztin auf einmal duzte. „Das kann ein Laie gar nicht beurteilen." Er zeigte auf das Papier, das Mama in Händen hielt. „Hier ist es ärztlich bescheinigt."

Kurt saß völlig entgeistert auf einem Stuhl und schaute mit offenem Mund von einem zum andern.

„Nein!", rief Elias noch einmal laut. „Mama!"

„Wieso Mama?" Der Neffe blinzelte.

„Du kannst doch jetzt Kurt nicht wieder ins Krankenhaus stecken!"

„Das will ich doch auch gar nicht", sagte Mama und lächelte verschmitzt.

„Lieber gleich in die geschlossene Abteilung, oder?", mischte sich der Neffe wieder ein. „Das ist vernünftig."

„Das wäre eine Überlegung wert", sagte Mama. „Aber vielleicht lässt sich das auch alles so regeln. Ohne Polizei und geschlossene Abteilung. Bitte verlassen Sie jetzt das Haus."

Dem Neffen entglitt sein Lächeln. „Wer? Ich?"

Elias starrte sie an.

„Na, Sie haben doch selbst unterschrieben, dass Sie aus Verwirrung und Böswilligkeit gehandelt haben!"

„Was?"

Mama wedelte mit dem Papier. „Hier steht die von Ihnen selbst unterzeichnete ärztliche Beurteilung: Hans-Peter Kloß, verwirrt, jähzornig und zu Gemeinheiten bereit."

„Ich verstehe nicht …", krächzte der Neffe.

Papa begann zu grinsen. „Schatz, jetzt fällt bei mir der Groschen. Wie hast du das alles so schnell durchschaut?"

Nun war es Mama, die ihnen zuzwinkerte.

Der Neffe guckte von einem zum anderen. „Was ist das für eine Verschwörung? Sie können mir doch nicht einfach unterstellen, ich sei verwirrt!"

„Nein?" Mama schaute ihn an. „Aber Sie unterstellen es anderen schon, oder?"

„Moment!" Der Neffe kramte in seiner Aktentasche. „Hier ist das Testament. Das Haus gehört so gut wie mir. Mein Onkel hat schon zugestimmt, ins Altenheim zu ziehen, nicht wahr?"

„Bestimmt nicht", knurrte Kurt. „Wo hast du den Wisch gefunden? Ich habe ihn in den vergangenen Wochen verzweifelt gesucht, ich wollte nämlich noch etwas ausbessern."

„Es war hinter die Bücher im Regal gerutscht", sagte der Neffe.

„Zeig mal her“, verlangte Kurt. „Ob es auch das Richtige ist.“

„Bitte schön!“ Zufrieden, dass es jetzt endlich um sein Erbe ging, reichte der Neffe das Testament weiter.

Kurt nahm es, warf einen Blick darauf und zerriss es dann mit einem Ruck. „So.“

„Was?“ Der Neffe schrie auf.

Luna grinste. „Wenn er weiter behauptet, er sei der Erbe, ist er wirklich verwirrt.“

„Bitte gehen Sie jetzt“, sagte Elias’ Mutter bestimmt. „Und lassen Sie uns in Ruhe, ja? Bedenken Sie, ich habe hier ein von Ihnen selbst unterschriebenes Eingeständnis, dass Sie gelegentlich unter Demenz leiden. Man sollte immer lesen, was man unterschreibt.“

„Das ist eine solche … Gemeinheit“, stammelte der Neffe.

„Dann beweisen Sie uns, dass es eine Fehldiagnose ist“, sagte Papa freundlich und schob ihn aus der Tür.

Elias fiel Mama um den Hals.

Anschließend fiel Kurt Mama um den Hals.

Dann kletterte auch Luna durchs Fenster zu ihnen in die Küche und fiel Elias um den Hals. Und dann hörten sie von draußen einen Schrei.

„Was ist denn jetzt noch, um Himmels willen?“ Papa spähte aus dem Fenster.

„Jemand hat mein Auto vollgekritzelt!“, rief der Neffe. „Alles voller rotem Zeug! Lippenstift! Ein großes Z auf der Windschutzscheibe! Wer war das?!“

„Ich nicht“, sagte Luna schnell. „Ich trage keinen Lippenstift.“

Alle wandten sich zu Mama um.

„Du?“, fragte Papa fassungslos.

„Z wie Zorroline“, rief Kurt laut und lachte zahnlos und selig.

Bunt

Bunt.

Alles war bunt.

Luna hatte zwischen dem Chaos in Kurts Küche bunte Lampions gefunden und in den Apfelbaum gehängt. Papa hatte Kurts alten Grill aus dem Schuppen geholt und wieder fit gemacht, Mama war zum Supermarkt gefahren und hatte Würstchen und Salat gekauft. Bunten Salat. Dann waren Luna und Elias gemeinsam losgezogen und hatten die Hühner und Schnibbel zurück in ihr eigentliches Zuhause gebracht. Und – war es Einbildung oder nicht? – als Schnibbel mit seinem Käfig wieder auf seinem angestammten Platz in der Küche stand, krähte er laut und deutlich:

„Prost!"

„Hab ich doch gesagt, dass er sprechen kann", triumphierte Kurt. „Jetzt, wo er mal bei euch übernachtet hat, seid ihr eben keine Fremden mehr für ihn, und er traut sich endlich, mit der Sprache rauszurücken!"

Alle lachten.

„Der Sieg der Gerechtigkeit muss gefeiert werden“, hatte Papa gesagt und da waren sie sich alle einig gewesen – auch wenn nur Luna und Elias die ganze Wahrheit über Z und Zorro oder vielmehr Zorroline kannten. Erwachsene müssen ja wirklich nicht alles wissen.

Es würde eine wilde Zorro-Party werden.

Aber weil eine echte Party noch mehr Gäste braucht, hatte Luna zu Hause angerufen und ihre Familie eingeladen.

Kurt saß währenddessen auf der Bank vor seinem Haus in der Abendsonne und sah voller Zufriedenheit dem Treiben zu.

„Da hab ich noch mal Glück gehabt“, meinte er von Zeit zu Zeit und tätschelte Benko. „Stell dir vor – abgeschoben und abgerissen! Pah!“

„Wieso bist du es eigentlich gewesen, die vom Krankenhaus losgeschickt wurde, um nach Kurt zu sehen?“, fragte Elias seine Mama, die gerade den Salat in eine Schüssel füllte.

„Na, du hast heute Morgen doch Christel an der Pforte angerufen und ihr den ganzen Fall lang und breit erklärt“, sagte sie und lachte über sein verdutztes Gesicht. „Als sie dann nachmittags diesen angeblichen Notruf angenommen hat, war ihr sofort klar, dass etwas faul sein musste. Zum Glück hat sie mich erwischt, meine Schicht war gerade zu Ende, und so bin ich losgezischt. Und vor der Haustür hat Luna mich abgefangen und mir alles erklärt."

„Mensch, Mama, du bist echt gerissen", sagte Elias.

Der Abend wölbte sich lau über ihnen – und Elias fühlte sich mit einem Mal so leicht. Sie hatten es geschafft! Sie hatten Kurt gerettet!

Luna und er – das Zorro-Team.

Und irgendwie schienen sie sogar ansteckend gewirkt zu haben. Wenn sogar Mama am Ende den Lippenstift zückte und ein Z malte, obwohl sie gar nichts von ihren Zorro-Geheimnissen wissen konnte!

„Hallo, hier sind wir!", schrie Luna laut, als ihre Familie am Gartenzaun auftauchte, und Elias erkannte ihre Mama Maria und ihre Schwester Chiara und die beiden Brüder Enrico und Carlo und einen dazugehörigen Papa, und dann liefen alle wild durcheinander und begrüßten sich.

Butzi, das illegale Kaninchen, hatten sie auch mitgebracht, es durfte auf der Wiese hoppeln und Löwenzahn mümmeln.

„Das tut ihm mal gut", sagte Maria, „die ganze Zeit bei uns im Zimmer versteckt zu werden, das ist doch kein Leben."

„Ich weiß nicht, wie ich dem Hausmeister endlich begreiflich machen kann, dass wir ein Haustier haben", stöhnte Lunas Papa. „Jedes Mal, wenn ich es versuche, fängt er schon an, sich über etwas anderes zu beschweren."

„Vielleicht kann ich da ja helfen“, mischte Kurt sich in diesem Moment ein.

„Du?“, fragte Elias erstaunt. „Meinst du, auf dich hört der Kinski?“

„Nein“, erwiderte Kurt. „Aber ich könnte meinen Garten als Wohnraum für das Kaninchen zur Verfügung stellen.“

Luna überlegte. „Tageweise vielleicht. Damit es mal Auslauf hat. Aber nur, wenn ich auch vorbeikommen darf!“

„Das lässt sich einrichten“, sagte Kurt.

„Ich komme ab sofort auch öfter mal vorbei“, sagte Elias’ Mama.

„Wieso das denn?“, fragte Elias noch erstaunter.

„Das haben wir eben besprochen“, meinte Kurt. „Ich bin ja doch nicht mehr so ganz frisch auf den Beinen, und da tut es schon gut, dass eine Dame vom Fach hin und wieder mal nach mir schaut. Eine Nachbarin mit Herz.“

„Damit du noch lange nicht ins Altersheim musst!“, rief Elias begeistert.

Und dann lagerten sie sich zwischen Blumen und Hühnerkacke, ließen sich die Würstchen schmecken und genossen den blauen Abend.

„Schau mal“, sagte Luna später, als sie satt und zufrieden neben Elias im Gras saß, und deutete nach oben. „Das bin ich.“

„Was?“

Elias verstand nicht.

„Na, da oben, der Mond!“

„Wieso?“

„Weil Luna lateinisch ist und auf Deutsch Mond heißt.“

Elias bewunderte andächtig den Mond, der rund und voll über die Dächer zog.

„Weißt du“, sagte Luna, „eure Stadt ist doch gar nicht so schlecht.“

„Stimmt“, sagte Elias und streckte seine Füße mit den neuen Schuhen aus. Dann fügte er leise hinzu: „Weil du da bist.“

Sie knurrte und ließ sich rückwärts ins Gras fallen. „Hast du eigentlich schon bemerkt, dass dieser Tom aus der Siebten jeden Tag an der Bushaltestelle andere Kinder anrempelt?“

„Du meinst ...“ Elias schluckte. „Da sollte man mal was gegen tun?“

Luna nickte.

„Und gegen den Chef von meinem Papa auch“, sagte Elias nach einer Weile und ließ sich neben sie in die Wiese sinken. „Der will ihm nur zwei Wochen Urlaub im Sommer geben! Wo er doch wissen müsste, dass die Schulferien sechs Wochen lang sind.“

„Und was ist mit der Kioskfrau?", fragte Luna. „Da ist auch noch eine Rechnung offen."

„Morgen", sagte Elias. „Morgen wird sich wieder jemand über ein großes Z wundern, was meinst du? Z – wie Zorro!"

Matthias Morgenroth schreibt seit vielen Jahren Bücher für Kinder und Sachbücher für Erwachsene. Darüber hinaus arbeitet er als Reporter und Redakteur für Radio und Fernsehen beim Bayerischen Rundfunk, schreibt für verschiedene Zeitungen, hält Seminare, macht mit Freunden Straßenmusik und geht gern auf Lesereise. Er lebt mit seiner Frau und seinen drei Töchtern in München.
Sein Kinderbuch „Freunde der Nacht“ wurde mit dem Rattenfänger-Literaturpreis ausgezeichnet.

www.matthias-morgenroth.de

Astrid Henn fand sich nach dem Abitur eher zufällig im Studiengang Visuelle Kommunikation wieder, zeichnete, malte, fotografierte, typografierte und zog danach ins schöne Hamburg. Hier arbeitete sie als Designerin für Pflegeprodukthersteller und Tütensuppenfabrikanten, denen sie glücklicherweise aber durch den rettenden Schritt in die Selbständigkeit wieder entkam. Seitdem illustriert sie zum Beispiel lustige Prinzessinnen mit grünen Popelköpfen, den Mann(i) im Mond und schreibt auch selbst Bücher für Kinder.

www.astridhenn.de

Mehr von Matthias Morgenroth

Matthias Morgenroth
Kidnapping Oma
176 Seiten · gebunden
ISBN 978-3-649-62856-9
Auch als ebook erhältlich:
ISBN 978-3-649-63103-3

Leni und Jonas sind sich sicher: Die alte Dame mit dem Shetland-Pony hat ein Geheimnis! Warum sonst versteckt sie sich mit einem Fernglas im Busch? Und wieso hat Mama sie aus der Wohnung geschmissen? Die Kinder beschließen, der rätselhaften Ponyfrau auf die Spur zu kommen. Und damit beginnt ein Abenteuer, von dem sie nicht zu träumen gewagt hätten – mit Campingbus, Pony und viel Sommersonne.
Noch ahnen Jonas und Leni nicht, dass ihnen schon bald die Polizei auf den Fersen sein wird …

Dieser Frosch hat eine Mission!

Kai Lüftner
Sei kein Frosch!
Ein Tierkrimi in Grün, äh Blau
176 Seiten · gebunden
ISBN 978-3-649-62135-5
Auch als **@book** erhältlich:
ISBN 978-3-649-63240-5

Laubfrosch Hope ist etwas aus der Art geschlagen. Während seine Kollegen am Teichufer vor sich hin quaken und Fliegen futtern, wagt er sich nur selten aus seinem Versteck. Denn er ist blau … knallblau.
Als Hope jedoch eines Tages einen Toten im Teich entdeckt, springt er über seinen Schatten und begibt sich als blauer Detektiv-Frosch in die Welt der Zweibeiner … Nicht ahnend, dass er damit eine Reihe von turbulenten Ereignissen in Gang setzt, die das Leben der Teichbewohner gehörig durcheinanderbringt.

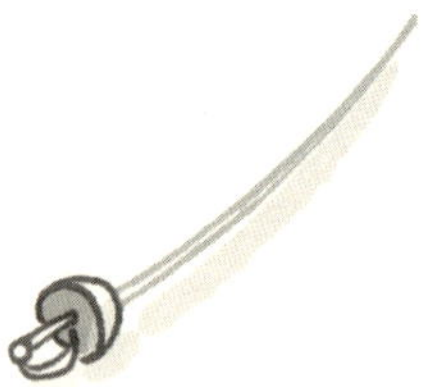